文句あるなら 化けて出ろ

最愛のオットを看取ったツマの闘病記

鈴木 光子

東京図書出版

まえがき

　本書はわたしが facebook（以下、fb）に投稿していた記事の一部をまとめたものだ。そもそも fb を始めたきっかけも、なかなか会うことのできない親しい友達に近況報告をするつもりで、日記のように書いていた。だから参加当初は７～８人で壁新聞でもやっているような感じだった。オットであるちちおくんが入院した時も、まさかいなくなるなんて微塵も思わなかったものだから、結構その時々の様子を詳らかに書いてしまっていた。

　fb に『過去のこの日』というサービスがあり、過去の同日の記事がタイムライン（以下、TL）に自動的に上がってくる。ちちおくんがいなくなってからはこのサービスが辛くて辛くて堪らなかった。日々見ないように見ないように気をつけねばならなかった。しかし直接ちちおくんを知らない人からも「てるちゃんの投稿読むとさ、ちちおくんを昔から知ってる人みたいに感じるよ」「ちちおくん、ホントに男気のある、侍みたいな人だったんだね」などと言ってもらえて、拙い文ではあるが、文字に残すことで、なんだかちちおくんは人の心に生き続けることができるのかも、と思った。

　どうか子どもの作文でも読むような気持ちで、気楽に読んでいただきたい。そしてちちおくんのこともちょっとでも身近に感じてもらえたらいいな、と思っている。

2015年5月29日

　fb友、ホソカワくんが日本百名山薩摩富士こと開聞岳（924ｍ）に登っていた丁度その時、テルコ（筆者）とちちおくん（オット、タケヨシ）は岐阜県金華山（329ｍ）に登っていましたとさ。ホソカワくんに比べたらてんで規模が小さいんでちょっと恥ずかしいが、結構な岩だらけコースで１時間かかって汗だくふうふうで登ったのだ。頂上には岐阜城とリス村がある。リス村には100匹のリスがいるそう。革手袋に餌を載せてもらうとリスがすごい勢いで跳びついてきて、両手にリスがたわわに実る感じ。カワイイぞ、愉快。

　蛾の飛び交う休憩所でお弁当を広げ、またよろよろと岩山を下り、有松の喜多の湯に寄って帰った。例によって車中ぐうぐうと居眠り。

　わたしは何か楽しい予定が入るとわくわくして眠れなくなる。TV番組だったり、友とお茶の約束だったり、ほんの些細なことでも眠れないのだが、ちちおくんとどこか行く前の晩はぐうぐう眠れる。楽しみだし嬉しいのに違いはないが、そうね、わくわくはないのだな。しかし車中「オメよお寝るな」と言われると「だって昨夜眠れなかったんだもん」と答えておく。

2015年5月30日

　ちちおくんとお出掛け、「山歩き→風呂屋」というパターンが圧倒的に多い。先日の金華山でのこと、辛い時ほど気を紛らわすためにバカ話に花が咲く。わたしたちの前に軽装の女性が一人。ブラウスにポリコットンのスラックス、バックベルトのサンダル、肩にバーキンのバッグという街スタイル。それで軽々と岩場を登っていかはる。
「ねえさっきから下りの人と何人もすれ違ったのに、一度もバーキンの挨拶聞いてないの。もしかしたらバーキン、わたしたち二人にしか見えてないんじゃない？」
「はあ？　じゃあ幽霊とか妖精みたいなやつだとして、なんで俺らにだけ見えるの？」
「例えばわたしが滑落した時『右から回って助けるのよ』とか『諦めなさい』とか、トリアージ的な助言してくれんの」
　すると中間地点の表示の下のベンチにバーキンが座ってる。わたしたち笑いを堪えながら通り過ぎ、
「おい妖精、紫の野菜飲んどったぞ」
「ちゃうて。プルーン入りの飲むヨーグルトだったわ。自分が死んだことにまだ気づいてないもんで鉄分が要ると思っとるんだて」

　帰りの車でちちおくんがポツリ。
「もし俺が親や親戚の勧めでフツーの女とフツーに結婚してフツーに生活しとったら、山でどんな話しとるんだろうな」

文句あるなら 化けて出ろ

んんん？　ど、どゆ意味？

2016年4月13日

　ピンチだ。ちちおくんが風邪をひいて休んでいる。ぎっくり腰の際ちやほやされ足りなかったからだろうか、ものすごい我儘で甘えんぼちゃんだ。普段平熱が高いくせに37度を超えると大威張りでやれそこが痛いのここが病めるのと大騒ぎをする。去年胃を悪くしてからずっと薬を服み続けている。煙草もやめて、酒も減らした。しかしこの胃薬が風邪薬と折り合いが悪いのか、顔色が悪い。いつもは赤黒い肌が黄黒い。何度も体温を測る。何度も「おーい」と呼びつけて、遅れると不機嫌だ。子どもなら大人しく寝てるところだ、子どもよりも厄介に感じる。特に食べ物に我儘を発揮する。饂飩が食べたい、お浸し食べたいなどと言われるたびに作っても、二〜三条すすってやっぱ食えんわ、と箸を置く。

　水曜はホットヨガに出たいのだが、11時から1時間ほど出るよと告げると「あんたこんな俺置いて出てくの？」と悲壮な訴え。已む無く少しでも早く帰ることができるよう相談して10:30からスタートのズンバに変更して大急ぎで駆け込む（結局ちちおくん置いて出てくというひどいツマだわね）。凄い人気のクラス、凄い人できちきちになって踊る。シャワーもそこそこ大急ぎで帰ると殿は林檎を所望。またも大急ぎで買いに走り、薄くスライスすると「あんま美味しくない」と残す。でしょうね。時季じゃないもんね。

定年退職を迎えたら毎日がこんな感じなのかな。今からうんざりだ。

2016年 4月15日

　ピンチだ。ちちおくんが風邪をひいてまだ休んでいる。今日も言われるがままプリンを、サンドイッチを、饂飩を、寿司を需めに４回も自転車を飛ばしたよ。感謝しろとは言わんがその仏頂面、やめれ。娘が仕事帰りにポカリを買ってきてくれる。
「うわあ有難う。嬉しいな。気が利くなおめえはよ」
　なんなんだこの差は。普段キツイやつのマイナススタートだ。その思いやりが数倍増幅するのだ。わたしなど何をしようと満足されない。

　まあそんなこたどうでもよい。トチヨリの僻みだ。ただ五十肩を圧して布団を干した努力は認めてほしいよ。ちちおくんが寝込んでる間汗をかくので、シーツの下にバスタオルを敷き、起きてくるとすぐに寝間着を替え布団を干し、その間わたしの布団で寝てもらう。次に起きてくるときまた布団とバスタオルをチェンジし、わたしの布団を干す……を繰り返してきた。こんなこと言ったら叱られそうだが、ああさっきまでちちおくんが寝ていたこの布団で寝るの、ヤだなぁ、って思っちゃう。

2016年4月21日

　運転免許を取得したのが33歳の時。一生免許など取らないつもりだったのに、義父母にそして義祖母に「家族になんかあった時の為に取っておけ」と説得されて3番（第3子、♂）を身籠った真ん丸なお腹で教習所通いをした。運転がものすごいストレスで、一般道を走る朝は必ず下痢をした。

　今日はちちおくんの血液内科の診察で名古屋までわたしがタクシーをすることになった。朝から下痢だ。知った道でもいちいち「右車線に入っとった方がいい？」などとつい聞いてしまう。わたし『運転して差し上げる』立場なのに、しびしびと雨の降る中まるで高速研修のようだ。ちちおくん昔からそうだが、突発的に大声を出す。その都度びくびくしちゃうから大声はやめてほしい。CDを替える余裕はないが、好きな曲のサビをつい口ずさむ。「オメ、ヨユーぶっこいてんじゃねえぞ。運転に集中せいや」と叱られる。うぇーん余裕じゃないよ、緊張や興奮を緩和して平常心を保つために歌っちゃうんだよ。それでもなんとか目的地に辿り着く。到着早々下痢だ、トイレに駆け込む。ちちおくんの診察が済むまでの3時間、好きな本を読んで過ごした。2冊も読めてよかった。帰りもまたびくびくの高速研修に、帰宅してすぐまたトイレに駆け込んだ。

　しかし一人では遠出こそしないが結構どこでも出掛ける。一人なら迷っても渋滞しても苦にならない。ああわたし、運

転が苦手なのではなく、ちちおくんが苦手なのかも。

2016年5月2日

　ちちおくん、4月4日からずっと家にいる。医者を何度も代え、精密検査を繰り返し、やっと得た病名が『骨髄異形成症候群』ですと。白血病の3段階前ぐらいと説明を受けたが全く分からない。ただただ大ショックだ。ほんの半月で体重が激減、熱が出たり引いたり。食欲は全くなく、寝てばかりいた。おっと、fb 友の同級生組、間違っても本人と連絡を取らないで。できるだけ知らん顔をしていて欲しい。本人は今んとこ元気なのでご心配なされぬよう。むしろちちおくんの病気について fb に書いたことが知られたときにひどく叱られるからだ。

　半年間療養と通院という診断書を得て大手を振って休んでるわけだが、最近は食欲も戻り、禁止されてる酒も飲んでるし、体に元気が戻ってきた。すると彼は寝たいときに眠り、口うるさい親父が四六時中わたしの行動を監視して干渉してくるといったただの小言じじいになり下がった。何よりもわたしが PC を触ってるのを嫌がる。俺のおらん時にやってって言うけど、おるじゃんいつも。SNS など能天気な低能のやることだとでも思ってるみたい。

　そんなわけで TL を覗く時間も制限され、映画見た・結婚式出た・変な客来た・レッスンにミカミ先生来た・プリンス

死んじゃった……書きたいことは山ほどあるのに、暫く書けそうにない。みんなのはちゃんと読んでるからね。すぐには鳴りを潜めるので取り急ぎ挨拶を。

2016年5月4日

　遡ること５月１日㈰わたしとちちおくんは養老天命反転地に行った。荒川修作とマドリン・ギンズ共作アートパークという触れ込みだが、ひたすら広く「なんじゃこりゃ」な空間だった。わたしはどこをどう歩いても楽しくて仕方なかったが、ちちおくんがみるみる不機嫌になってきた。彼は『アート』だの『抽象的概念』だのに拒否反応を示す。一時間ほどで切り上げて養老の滝まで歩く。途中養老うどんなるものを食べる。十六穀が練りこんである蕎麦のような麺に、目玉焼き・唐揚げ・餃子が入ってて「なんじゃこりゃ」な食べ物だった。

　滝を眺めてから関ケ原ウォーランドに行った。300体ほどの実物大のコンクリ人形を配置して、関ケ原合戦を再現というコンセプト。またも「なんじゃこりゃ」という言葉しか出てこない。これらは犬山の桃太郎神社の像を作った人の作かも。小４くらいの男の子に「西軍は15.8万人の軍だったのに、生き残ったのは150人くらいしかいなかったんだよ」と説明してるお父さんがいて感心した。そもそも西軍を率いてた武将は誰？　歴史に疎いわたしにゃさっぱりだよ。ちちおくんが本調子でないためここも１時間くらいで切り上げた

が、一人なら一日中でも遊べたと思う。

　帰り道に通った関ケ原鍾乳洞にも行って、充実した一日を過ごした。ああ明日からまた仕事。あまり忙しくなりませんように。

2016年5月8日

　4月は1度しか泳げなかった。ジム通いも続けているが、1日1時間だけという縛りができたからだ。土曜日はプールで泳いだ。水の中では五十肩も右踵の痛みもなく、快適だ。調子のよい時のちちおくんは社交的で外出を好むがやや攻撃的で、わたしを傷つけるようなことも平気で口にする。調子が悪いと不機嫌で布団から出てこない。いずれもわたしの知らない人みたい。いつもの優しくて頼もしい彼はいなくなった。わかってる、わたし以上に彼自身一番苦しんでる。ちちおくん、再来週に入院することになった。これからどうなっちゃうんだろと思ったら涙が出てきた。そっか。泣いちゃえ。大人って一人きりでもおいそれとは泣けないものだ。プールなら誰に憚ることなくひっそりと泣けるじゃん。しかし実は泳ぎながら泣くなんて自殺行為と知ることになる。泣くとしゃくりあげてしまうので息のコントロールが全くできない。あああ死ぬかと思った。

　ごえごえどーへげぼごぼと咳込んでたらいつの間にか誰もいない。4コース貸し切りになってた。やった、普段できな

いことしよう。前から一度やってみたかったのは水の中から水面を見上げること。背泳ぎのスタートでも鼻にしこたま水が入ってしまうわたし、鼻から息を出して水中でむーんと唸りながら壁を蹴ってみたり、潜水の途中で裏返ってみたり、あれこれやってみるもどうしても鼻に水が入る。ああ鼻痛い。辛い。しかし水面はすごくきれいだ。１本泳ぐ度に咳込み、涙も涎もはなみずもいっぺんに出る。ごぼげぼと咳込みながらさっき泣いちゃおなんて思った自分がしみったれてけち臭く感じて、一人で笑ってしまった。

　仕事してたら同級生のビーが声かけてくれた。
「あれさっきお前のこと見かけたぞ（ジムの帰りだ）。公民館の前の坂道を、お前自転車で歌いながら走っとっただろ。派出所んとこの信号で、何かに気付いたみたいに急に『はっ』て顔したんだよ」
　うわっめっちゃ心当たりある。グループファイトのレッスンで使われてる『チェリーパイ』、ずっと誰の曲だったか気がかりだったが、派出所の信号のとこで、ああウォレントだったわ、と気付いたのだ。
「お前ホントにわかりやすいな。漫画見てるみたいだよ。お前の頭の上に♪マークやびっくりマーク、吹き出しが見えるようだよ」
　あははアリガトね、ビー。そうだよね。常に♪マーク出してる方がスムーズにことが運べるよね。今わたしの頭に感謝の♡マークが見えた？

2016年5月17日

　流石にいちいちびっくりしなくなったものの、やはりちちおくんが熱を出すと狼狽えてしまう。熱が出ると彼、全くと言っていいほどものが食べられなくなる。どんな病気も食べて寝れば治る、と信じているわたしにとってはもう打つ手がないほどの打撃だ。TVで「普段も細いベッキーさんがたったひと月で4kgも痩せてしまって……」との報道を見ながら「ははは俺なんかたった1週間で6kg落ちたがや」と自虐ネタにしていた。

　食欲が出てくると、足らないものを補おうとでもするのかあれが食べたい、これが食べたい、と言い出す。なんにせよ食べてさえくれれば、とは思うものの「マックのポテト買ってきて」「寿がきやのラーメン食べたい」「みたらし団子とたい焼き食いてえ」……と、リクエストに妻の手料理は皆無、というところが悲しい。

　木曜日から入院することに決まった。どれくらいの期間になるのか、今はまだわからない。わたしは仕事が休みの木・日曜だけ着替えを持っていくことになった。ちちおくんと離れて過ごすなんてヤダヤダ、と思っていたが、病院では食べられなくとも点滴なりして栄養管理もしてくれるだろう。入院がベストだ。入院しか手がない、そう自分に言い聞かせて支度をしている。

今一番の心配事は、木曜当日わたしの運転で病院まで行くことだ。今までの通院は休みに合うこともあり、２番（第２子、♀）がよく乗せていってくれた。彼女は父親似で、知らない道だろうが遠くだろうが運転するのが好き。経路もすぐ覚える。ところがわたし、運転も下手、土地勘もひどく悪い。行きはちちおくんの高速研修付きだが、さあ帰り道、一人で生きて帰れるだろうか？

2016年 5月19日

　ちちおくんは入院した。来週からすぐに抗癌剤の点滴投与が始まる。今45kgしかないのにもっと痩せるかも、眉や髪も抜けるかも、と説明を受けた。治療については覚悟していたが、何をするにも、とにかくうがい・手洗いをする、病室のある階から出てはいけない、家族であれ面会も15:00〜19:00のみ、21:00には消灯……と生活面の制限が思ったより厳しくて、初日から先行き不安しかない。彼は「も〜父ちゃん、健康になっちゃうじゃん」と担当医にゴネて、失笑を買っていた。

　さてかねてより各方面から懸念されていたわたしの高速運転、やはり失敗に次ぐ失敗だったが、無事に帰ってこられた。まず最初の失敗。黄金から乗らねばならぬのに、千音寺方面に行きそうになって跨線橋の下を一周した。ああよかったと思ったのも束の間、３号大高線に乗らねばならぬのに、気づいたら６号清須線を走っていて、慌てて庄内通で降りて

乗り直した。伊勢志摩サミットが近いからかあちこちに警官がいて、料金所でふとバックミラーを見ると、どうやらわたしのナンバーを控えているらしい。あらわたし、怪しい人扱いだわ。あとは「緑の標識の飛行機のマークをずっと追いかけていくんだよ」とちちおくんに教わった通りに走って、無事に家まで辿り着いたというわけ。焦るし冷や汗もかいたが、冒険してるようで楽しかった。帰宅しても下痢もなく、これでキンチョーの原因は運転ではなくちちおくんであると証明されたようなものだ。こんなに失敗しておきながら、ちょっと運転に自信を持ったテルコであった。

2016年5月20日

　朝が苦手なわたし、寝起き20分は正気ではない。台所では勝手に手が動き、毎朝だんだん目が覚めてくる感じなのだ。今朝も隣を見るともう布団が上げてある。じじい、早起きだなあ。眠れなかったのかななんて思いながら味噌汁を作ってて、はっ、ちちおくんそういえば入院してるんだった、と思い出して朝からめそめそだ。ここ数年、ちちおくんしか味噌汁を飲まない。子らにも寝ぼけたことはバレバレだ。よく眠れた？　ちゃんと食べた？　しょっちゅう独り言を言ってしまい、ううむ、いよいよわたしも携帯電話を持つべきか、と思案中。

文句あるなら 化けて出ろ

2016年5月21日

　ちちおくんの単身赴任まだ2日目なのに、3番「父ちゃんおらんとTVつけんから静かだよね」とぽつり。わたしと3番はよくちちおくんを煙に巻いて揶揄っていた。ちちおくんがご機嫌で中古車リメイク番組（字幕）観てるとき「ねえカア、この番組で一番使われてる単語、なんだ？」「知ってるよ。『疲れ果てた（exhaust）』だろ？」「当たり」ハイタッチしてふひゃははと笑い合う。わたしと3番はお互い何が言いたいのかすぐピンと来るが、ちちおくんには通じない。そこらへんを面白がっちゃって悪かったな、とちょっと反省。でもまた彼が家に戻ったら同じことをしてしまうだろう。意地悪だねぇ。

2016年5月22日

　名古屋高速3回目のトライだ。今日はピュアげんが焼いてくれたCD、トウェニワンパイロッツとレディオヘッドの新譜という強い味方を得ての出陣だ。楽しみもなくちゃね。大声で歌いながら運転。丁度CD1枚分で高速を降りて、ふむまずまず順調でないの、と気をよくしたものの、前回失敗した跨線橋でまたも行きつ戻りつを2回繰り返した。土地勘もなく、交差点の名前や信号の数も全く覚えないわたしだが、建物や道の感じで初めてか既知かを判断する。間違うとすぐにわかるので、跨線橋まで取り敢えず戻る。しかし2回目、

また間違えたと思いつつも車線変更の罠で競馬場まで行ってしまったよ。どうやらこの黄金の跨線橋で磁場を狂わす妨害電波のようなものが出ているらしい。わたしのコンパスがいつもこの辺でぐるぐるだ。やれやれやっと目的地だわって時に丁度CDが１周したので、ああ２倍の時間と距離を無駄に費やしてしまったと気付く。

　ちちおくんには涼しい顔で「スムーズに着いたよ」と報告したら「バカヤロ、３番に電話したら『カア10:00頃出たよ』って言うとったわ。ちゃんと裏は取れてんだ、ウソこくでねえ」と笑われた。こないだ迷ったのも秘密にしてたのに「木曜も迷ったの、２番から聞いとるでな」だって。うへっ参ったな。ちちおと２番はしょっちゅうLINEや通話してるからなんでもバラされちゃう。

　日の光がたっぷりの明るい談話室で持参した弁当を広げ、ともに食べる。病院食に不満をこぼすもわたしの弁当よりもポッキーやアルフォートのような菓子を喜ぶ彼。うきうきとおやつ袋を品定めして「さすが俺の好み、わかっとるな」とお褒めの言葉に複雑な心境。

　わたしとちちおくんは中学の同級生で、友達のままぼんやりずるずると結婚してしまったので、いちゃいちゃべたべたと暑苦しく付き合った時期がない。だから未だに何をするにも照れがあるし思うこと素直に言えないし、言ったところで叩き返すような反応しか得られない。映画のエロいシーンも息子となら全然ヘーキなのにちちおくんとはコメカミ冷

や汗・咳払いで他所事しちゃう感じだ。「まあそろそろ帰れや」「わかった」ってあっさり帰りながら、若いころもっといちゃいちゃしとけば「もうちょっと一緒にいたい」って素直に言えるのに、と残念に思った。

2016年5月23日

　改めて「ちちおくんは法だ」と実感する。ちちおくん不在の我が家はあからさまな無法地帯になる。２番、朝はシャツパンで起きてくる。「はぁ〜ピーたけおらんとこんなカッコできて気が楽だわぁ」。毎朝のコーディネイトも全身のバランスを風呂場の長い鏡で見るため、玄関から靴を履いたまま廊下をガンゴンと歩いてくる。昨夜など２階の部屋で縄跳びしておった。かく云うわたしも朝から大音量で音楽をかけてる。一日も早く退院して欲しいが、ちちおくんのいないこの解放感。サバンナ高橋張りに「自由だ〜」と叫んじゃうよ。

2016年5月26日

　高速代・駐車場代を考えて次回からJRでお見舞いに行くね、とちちおくんに告げたものの、今日はわたしの両親と３番も連れてやはり車で行くことになった。いつもはおしゃべりなわたしの両親が、車中全く喋らない。くそぉ、こいつら露骨にキンチョーしおって。わたしの運転はそんなに信頼ないのか。そら見ろ。どこも迷わずスムーズに着いただろ。当

たり前だ、4回目のアタックだ。

　病棟入り口で手を洗って消毒してからドアを開けてもらい、用紙に記入する。座るとき背中が痛いと聞いて持ってきたリトルグリーンメンの縫いぐるみは、毛羽に菌がついてる可能性がある、と没収される。お見舞いは2人ずつしか出来ない決まりなので、洗濯物を片付けて早々親にバトンタッチ。親も落ち着かず、すぐに交代に来る。また手を洗ってからちちおくんと話す。

　ちちおくん肉好きなのに野菜中心、肉出てもせいぜい鶏ささみか豚バラ細切れのみの病院食に不満たらたら。カフェオレとおやつばっか食べちゃってちょっと太ったとのこと、見た目にはさっぱりわからない。顔色は赤黒さを取り戻し、ややよくなったと思う。家族の心配ばっかりしてるちちおくん、自分の心配しろやと言いたいが、離れていても家長なんだなと思い知る。じゃあねって別れてから、トイレ行くから待ってて、という母を待たずどんどん先に行ってしまう父。どうやら座るとこ探してるようだよ、と離れて見てたら病院の係員に「おじいちゃん、誰と来たの？　おうちはどこ？」と職務質問されとった。くす。縫いぐるみを大切そうに抱っこして一人ぽつんと座ってんだ、徘徊老人と間違えられたわ。もうちょっと見ていたかったけど、3番がすぐに救出してきた。

　さて帰り道だ。前々回と同じところでまたわたしは道を間違えた。今回は「あっ今のとこ右だ」とすぐ気づいたので

さっと高速を降りたが、再度乗ろうにも高速の入り口がわからない。咄嗟に３番がスマホでカーナビを出してそのナビのナビをしてくれる。結局高速には乗らず、下道を通って帰宅。眠り込んだ３番の代わりに父親は右行って常滑産業道路入れや、次の阿久比で降りれや、と指図してくる。もう数十年走ってないのに老いてもなかなか道は忘れないものなのだな、と感心した。その男の娘なのにあたしゃなんで土地勘が悪いのか？　疑問である。

2016年5月29日

「がっつりと肉が食いてぇ〜」ちちおくんの魂の叫びに朝からコンビニに走って、レトルトのハンバーグや角煮、ビーフシチュウなどを用意して、１番（第１子、♀）とともにJRで病院に向かう。もしわたしが犬なら、尻尾を振り過ぎて切れそうになってるところだ。しかし彼は熱を出したうえ胃も痛く、一口も物が食べられない様子だった。今日の差し入れも前回のおやつも見たくもないから持ち帰って、と言う。１番に気を遣って仕事は順調か？　彼氏はできたか？　などと聞いてはいるが心ここにあらずといった感じだ。あまりに辛そうなので１時間ほどで病院を出た。尻尾は重く垂れ下がり、地面を擦っていた。

　持参した弁当もそのまま持ち帰り、１番とご飯食べたり買い物したりして結局夜まで遊んだ。もし一人でいたら何も手につかなかったところだが、他愛もない話をしながら楽しく

過ごせた。

　早く熱が下がりますように。そんでまた「肉食いてぇ」と我儘を言ってくれたらいいのに。

2016年6月1日

　火曜は2番が休みで、ちちおくんの見舞いに行ってきてくれた。彼女の帰宅後、報告を聞く。点滴投薬1週間が終わり、次の投薬まで3週間の休みに入った筈なのに、まだ熱が高く、胃も痛い。食欲が全くないらしい。下痢も続き、起きるのも辛そうだったって。二人きりでしんみりしちゃったとこに1番が遊びに来る。娘たちが揃うと果てなくハシャぎ、最初は楽しいが次第にただただうるさい。録り溜めしたドラマ『エンパイア』も集中して見られない。なんでルシウスの母が死んだことになってるのかわからない。23:30頃やっと1番は帰り、他のメンバーも寝てしまったが、また眠れなくなっちゃったわたしは一人PCに向かう。

　夜更かしは腹も満たしたい。鯖味噌の残りを食べようとレンジを使い、うっかり湯沸かしポットも同時に使い、ヒューズが飛ぶ。暗闇の中手探りでブレーカーを上げる。こんな時、当たり前のようにちちおくんが起きてきてくれたっけ。

　毎晩ちちおくんの歯ぎしりがヤだった。でも今はその歯ぎしりさえ聞きたいと思う。

ところでちちおくんが熱を出すと着替えの洗濯がすごい量になる。病棟では常に温度や湿度が管理されてるから、外界が暑いのか寒いのかもわからんのだそう。ただいつも腕に針が刺さってるのを見たくないから長袖を希望、上下10セットを用意した。

　しかし洗濯の度に首をひねってしまうのだが、今日の5セットのうち正解ペアがない。この人上下の組み合わせにまるで無頓着なのだ。やや好意的に見れば、熱が辛くてそれどころじゃなかったんだよと言うこともできようが、ホントに彼、着るものに関心がないしセンスもない。ああやれやれだ。一度看護師に笑われるといい。

2016年6月3日

　午前中わたしは整形外科に行った。大方の予想通り急激に足を使ったことと加齢による「踵骨棘」との診断だった。足を使わねばだんだん良くなるとのことなので、暫くジムはスイムをメインにするけど、仕事はどうにもならんもんね。痛み止めを服んで頑張るしかない。ネットで調べて見よう見真似でテーピングする。

　午後独りでJRで病院に行く。少し早く着いたが15:00きっかりまで入れてもらえない。チビシい。ちちおくんはまたも熱に下痢、少しやつれた。何をするでも何を話すでもなくただ一緒にいた。どんな感情も涙腺に直結してるので、感

情を殺して針が振れないよう事務的に話す。
「爪が伸びとるぞ」
「あっ衛生的にいかんかった？　裂け目があるもんでここだけ伸ばしとるんだわ」
「ううん。ただいつも短いのに珍しいなと思って。ここ、白髪があるがや」
「うん。生涯一度は茶髪にしてみるかな」
「や。そらやめとけや。オメエに似合うとは思えんでな」
　そんな何でもない会話をする。

　帰り際はいつも悲しい。ご丁寧に19:00までにはお帰り下さいと放送が入る。じゃあねって手を振って、帰り道、こんな爪や髪を愛してくれたことはあったんだろうか、ふと思い出したりするのだろうか、と急に泣きそうになった。気を紛らわすために百人一首を思い出しながら歩く。九ちゃん、わたしも上を向いて歩いとるよ。「春の鳥な啼きそ啼きそあかあかと……」は百人一首じゃなかったな。よりによって寂しい句ばかり思い出しちゃうな。こんなババアの涙なんて汚物だ。自分を戒めて大股で歩いた。

2016年6月7日

　誰がキョーミあんねんフィットネス馬鹿のダンスダンスダンス日記だ。この6月からMOSSAプログラムは全て新曲。期待で胸が爆発しそうなくらいわくわくだ。どのプログラムも趣向を凝らし、あらゆる時代のいろんなジャンルの曲

をアレンジしてある。難を言えば最新ヒットが丁度1年くらい前の曲になるのが残念。本国アメリカから日本に来るのに2カ月、コリオ（振り付け）も数カ月かかってるだろうし選曲委員会が曲を決めるのにかかる日にちなどを逆算すれば1年ぐらいは仕方ないことだが、数年前のヒットよりも「ああ去年の今頃聞いたっけ」という感覚が「古っ」と思わせてしまうところは否めない。今日も痛い足をテーピングして、動きはセーブして踊ろう、とグループグルーヴレッスンに参加した。ところが、音楽がかかるとやはり駄目だ、最初から針が振り切っちゃう感じで、わたしの中で箍が外れるのがわかる。ただのサイドステップでさえアイドルのように（と言うと語弊があるが）ピョンピョンと跳ねてしまう。音楽のドーピング作用で、踊ってる時はネオン管がちかちかするように「楽し〜い」としか考えていないが、終わると同時に足が疼き出す。

　そして今日は昨日の代休で仕事が休み。野ウサギちゃんに付き合ってもらって楽しいランチ。ここんとこちちおくん不在のため情緒不安定気味だったので、なんだか自分をひたひたと取り戻してきている感じ。今までオットが単身赴任、と聞くと「いいなぁ〜」なんて思っていた。でも自分がいざそんな立場になったら毎日ユーウツで自暴自棄になったり寂しかったりで倒れそうに弱い。単身赴任の皆さん、そしてその家族、スゴイね。エライね。感心・敬服・脱帽……どんな言葉が相応しいかわからんがとにかく尊敬してしまうよ。

　そしてこの楽しい気分を全部持ってちちおくんの病院に

行った。ベッドが窓側に移されていて、うんと気分がよい。並んでハーゲンダッツを食べた。帰り道も何度も頭の中で同じ曲を再生したけど、やっぱり一人は寂しいものよのう。

2016年6月10日

　最近はちちおくんから差し入れのリクエストがあるので、病院に行く日も忙しい。今日はレンタルビデオ屋で『インサイド・ジョブ』『ウルフ・オブ・ウォールストリート』などを借りる。財テクじじいめ。振り込みなど小用を済ませバッグに洗濯ものを詰めながら閃いた。いつもいつも重いカバン持たずともころころトランクに入れたらいいじゃん。ふふあったまいー♪　そこに電話。実家の母が一緒に行ってくれるとの申し出。有難いけど、はよ帰らないかんし、ちちおくんも気を遣うだろうし面倒だなとちょっと思う。母が入院した時わたしが毎日通っていたせめてもの恩返し、と言われたが、それは近所だったから行けただけのこと。とにかく連れ立って病院に向かう。

　母は内気で大人しい性格で、いまだにちちおくんには敬語で他人行儀だ。にこにこと座ってはいるが、緊張しているのがわかる。ちちおくんも熱っぽく不調だろうけどにこにこと会話、なんか無理してるのがわかる。声が嗄れてるのは熱のせいかと思いきや、今までは仕事で毎日客や同僚と喋り詰めだったが、入院してめっきり喋らなくなったから喉が弱ったのだそう。洗濯物をカバンに詰めると謎の白い粉がもうもう

と立ちこめる。ひどい乾燥肌なので、熱により全身の皮脂がふけのように衣類やシーツに付くんだって。入院の際荷物にコロコロ（ロール紙ホコリ取り）を入れたら「オメ俺が禿げるの、待っとるだろ」と怒ってたのに、今じゃコロコロ大活躍だ。じゃそろそろ帰るねって時にカバン替えたなと気付く。「オレもコロ付きトランクがええと思っとった」ですって。そんならはよ言えや。

　帰りにタカシマヤでウィンドーショッピング。料理好きの母はペッパーミルと醤油や油のスプレー容器を買う。そんなのテルコの勤務先トラ○アルでもっと安く買えるよと思うが、きっと「名古屋でお買い物」がしたいのだろう、要らんことは言わずにおく。一人だと気が塞ぐばかりだが、ブラウスの値段の当てっこかしながらタカシマヤをうろうろして楽しく過ごせたので、母には心から感謝した次第だ。

　ある方面から「けち山けちお」と呼ばれる男ちちおくんは、我が家の家計簿をつけている。入院した日、やっとわたしは家計簿から解放されると思ったのも束の間、彼は新しいクリアケースを取り出し「ここにレシートや領収書を入れて持っておいで」と告げたのだった。毎週のように何らかの検査をして、１回につき３万円６万円と莫大な料金がかかるのに、こんな時に家計簿なんて何の意味があろうかとも思うが、たぶん彼の趣味だ。つけたいのだ。そんで「またオメ白くまくんアイス食っとるがや」と文句を垂れたいのだ。甘んじて乗ってやるぜ。

今ではただの財テクじじいだが、けちおくん、高卒後ダイエーに入社し、３年で主任代行の座に就いた。それがどれくらい偉いのか全くぴんと来ないが、同期では一番出世を嘱望されたのだそう。今のわたしにとっては流通業界の先輩だ。「何がどこにあるかなんてぶっちゃけ客でも探せる。あんまり出んものや棚の上の方や下の方、見にくいところの商品を覚えろ」「まずミッドやエンドを充実させろ。そこに案内してほかの商品も見てもらえ」などとアドバイスをくれる。

　けちおくんに、客から文句を言われたよとこぼす。駐車場に誰かに置きっ放しにされたカートがあったので、知らずにバックしてバンパーにぶつけてしまったとの旨、わたしを車まで引っ張って傷を見せる。わたしはひたすら頭を下げてやり過ごした。けちおくん笑いながら「そいつ、実は一番自分に腹を立てとるんだて。もっと気を付けろっちゅう話だろ。本気で弁償を望むならオメエなんかに言わんと店長を呼べってことになるだろ。誰でもいいで誰かに怒りをぶつけたかっただけだで気にすんな」ふふ。霧が晴れたようにスッキリだ。

2016年6月11日

　いかん、ピンチだ。朝起きると喉が痛い。節々が痛むので、もしかしたら熱もあるかも。ちちおくんの病院は風邪や熱では入れてもらえない。一つでもマルがあっては駄目だという面会申請書の項目のひとつに「３カ月以内に感染症患者と接触した」とあるが、公共交通機関を使用してる時点でア

ウトな気がする。普段薬は服まないわたし、多少の熱や歯痛なら凌げる CD が１枚あるのだが、今日ばかりは大事を取って素直に風邪薬を服む。

　しかし薬の相性はわからないから痛み止めはやめておく。ああどうしよう、首が痛い、肩が痛い、手首が、踵が、足首が……。おまけに爪が３mm ほど裂けてじんじんする。満身創痍だ。明日ちちおくんに会えることだけを励みに、仕事頑張ったぜ。そんなわけで今日はもう寝てしまう。風邪よ治っててくれ。

2016年 6月12日

　弟がちちおくんの見舞いに車で連れていってくれた。昨日は怖くて熱が測れなかったが、今朝は37.3℃だ、OK だろう（テルコルールでは37℃台はダイジョブ）。それでもなるべく離れて座り、あれこれ触れないように気を配る。今日も彼は熱があり顔色が冴えず。ちちおくん、近日中に３〜４日の退院ができるらしい。どうも病院側の決まりらしく、ちちおくんは不満げだが、わたしは嬉しい。大歓迎だ。弟の手前抑えていたが、またも尻尾を振り過ぎてちぎれそうだ。

　車中両親の話になる。弟はわたしより６歳下だが、未婚で親と同居しているから、親はどんな些細なことも彼に頼りきりだという。わたしはと言えば母親から子ども扱いされている。その昔、母は父親のよからぬ話を２歳上の姉に話した。

姉からその話を聞いたのがわたしが高校生の頃だったと思う。何十年も経て母と姉が当時の話をひそひそとしている。わたしが近づくと母「しっ。てるちゃんが来た」とあからさまに話題を変えた。おいおいもう50過ぎてんだよ。いつまでも母の中ではわたしは子どものまま。父親の醜聞に傷つくだろう、聞かせたくない、などと本気で思っているのだ。「なんか悔しいな。何でわたしは信頼されないんだろ」つい弟に愚痴ると「ははは、何言ってんの。おかあ、漢字パズルで躓くと『これはてるちゃんに聞こう』って取っといてあるんだよ」……う〜ん嬉しくない。

2016年6月17日

1番と大名古屋ビルヂングで午ご飯を食べてからちちおくんの許へ行く。わたし一人だと仏頂面な彼も娘がいると機嫌がよい。この月・火で娘たち二人はネズミィランドに行き、帰りにちちおくんのお見舞いしたばかりだ。「あれっ今日ヒゲ剃っとるじゃん」と娘。「そりゃ木・日はカアが来るでな、きちんとしとかんと」わたしはたかが洗濯物を持っていくだけなのに、毎回「何着ていこうかな」と悩む。ああちちおくんにもわたしを待っててくれる気持ちがあるのかと、単純だが、嬉しくなってしまったのだ。

文句あるなら 化けて出ろ

2016年6月19日

　如何にころころトランクと言えど駅は階段ばっかで重いんじゃあれ持ってこいこれ持ってこい言うなわしかてこれで精いっぱいじゃイライラをぶつけてくんな娘にこまめに電話してるならわしにももっと電話してくれや足の腫れは引いたのか気にしとるんじゃ食費が多いおやつ買うな節約しろ言うなわしら３人分よりじじいの食費の方が多いんじゃパンツがねえとかいちいち電話してくんな１枚くらい手で洗えってか困ったら洗濯機使え洗濯機の使い方がわからんなんて50男がよお臆面もなく言うたな恥じ入れ短い時間なのにあれこれ用事を言いつけてこき使うなもっと一緒にいたいんじゃ親や娘の前でばっか強がりを言うな帰るときだけ形骸化したアリガトねを言うな目も合わさんで言われても嬉しくないんじゃそんでわしにもたまには、

　　　　笑顔を見せて。

　朝から愚痴ばっか言ってごめんね。ああ言いたいこと言ったらすっきりした。

2016年6月20日

　朝が苦手なわたしだが毎日4:00に目が覚めてしまう。きちんきちんと朝が来るのが忌々しく思える。今朝夢に同級生のいな君が出てきた。いな君、47歳で死んじゃった。おお

むかし「お前には幸せになってほしい。そんでちょっとだけ不幸になった時、俺のこと思い出してほしい」と言われた。思い出しちゃったよ。呪いの言葉みたいじゃん。わたし、ちょっとだけ不幸なの？　当時刈谷の病院にお見舞いに行った。「顔色いいじゃんとか、思ったより元気そうねとか言うつもりだったのに、いな君、涸れ涸れじゃん」と思わず言ってしまってから失言を詫びた。いな君は笑って「ええよ。お前がどんな言葉を言おうが顔見りゃわかるでよ」と言った。

　自分でもどこにしまい込んだか忘れたような抽斗にずっと『寂しい』ってやつはいる。でもこいつがいるからジムに行くにも友に会うにも仕事に行くにも家に帰るにも自転車をこぐにもちちおくんに会いに行くにも幸せを感じるよ。ごめんねいな君、わたしやっぱり幸せだわ。

2016年6月24日

　フィットネス馬鹿と自称してはいるが、ちちおくんのスポーツ好きはわたしなんかの比ではない。そんな彼が毎日をベッドで過ごすなんて牢獄だろう。勢い関心が食に向くのもよおくわかる。和惣菜が苦手なうえ、味付けのとことん薄い病院食が彼には苦痛。毎回見舞いには冷凍やレトルトのおかずを保冷バッグ・保冷剤で持参する。手づくりのものや市販の弁当は菌の発生・繁殖が管理できないのでNGだ。工場で無菌パックされた食品は安全なのだそう。彼が望むなら何でも作ってあげたいのに、残念。病院の売店にも冷凍食品は

あるが、入院患者は皆同じ考えなのであろう、すぐ売り切れる。好きそうなものを持っていくととても嬉しそうにしてるので、あれこれ選ぶのも楽しい。しかし洗濯物も多いしすごい荷物だ。降られた日にゃ傘さして駅まで歩かにゃならん。

　そいえば病院の近くにピ○ゴがあったじゃん。食べるもの・飲むものはそこで買っていこう。ふふあったまいー♬しかし病室から眺めるとすぐ隣に感じるのに、実際に歩くと結構な距離。しかも同じメーカーの同じ商品なのにトラ○アルよりうんと高い。えっ我々消費者はピ○ゴのお家賃まで払わされてるってわけ？　いやトラ○アルは少しでも安く商品を提供すべく努力してるのだろう。けちおくん譲りのけち魂に火がついたわたしは、やはり次回からはどんなに重くともトラ○アルでお買い物しようと心に決めたのであった。

2016年6月25日

　わたしの悪い癖だが、考えに窮した時や物事が頓挫した時などソファで跳ねる。じっとしてるとますます行き詰まるのでとにかく何かアクションを起こしたい。跳ねるうち『一休さん』の「ぽくぽくチーン」が訪れる（ような気がする）。家族に見つかると叱られるので独りでいる時に限るのだが。

　金曜も寝不足で、もたもたとジムへ行く支度をしていた。最近グループパワーは人気で整理券が取れないからな。足もまだ痛いしな、やめよかなどと考えているとちちおくんか

ら電話、日曜日に一時退院させられるから迎えに来て、とのことだった。彼は調子は万全とは言い難く不本意そうだが、わたしはなんだか頭が真っ白になってしまって、虚ろに電話を切ってから取り敢えずソファで跳ねた。跳ねて跳ねて跳ねまくってるうちに笑いがこみあげてきて、知らずに声を立ててげらげらと笑っていた。跳ねてる場合じゃない。何から手を付けてよいやらわかんないけど、取り急ぎ脱衣所とトイレの雑巾がけをした。

　その後ジムではズンバのレッスンだけを受けに行った。普段はダンスで無になれるのに、踊りながらも海老チリがいいかな酢豚を作ろうかな、いやまず赤飯を炊くかな（ちちおではなく１番のために）などと雑念ばかりが湧いてくる。気づいたらレッスンは終わっていたのだけれども、ああまだ何時間でも踊れそうよ。

　ダンスってホントにホントにホントに楽しい。

　そして仕事中もTLに報告しようと考えていたのに、晩はものすごい睡魔に襲われて眠ってしまった。野ウサギちゃんが「ちゃんと寝るんだよ」と心配してくれたが、なんの、今朝は6:30まで一度も起きずに眠った。久しぶりに熟睡できたのだ。

文句あるなら 化けて出ろ

2016年6月26日

　お互いを異星人と感じるほどわたしとちちおくんの性格は違う。彼は常に最悪の事態を想定してから物事に臨む。わたしは先を読むとか段取りを立てるといったことが全くできない。今朝ちちおくんから熱が高いから一時退院は見送りになったと電話があった。はぁなんだって今朝に限って熱を出すかね。「帰宅してすぐ戻るよかダメージ小せえじゃん」と言われてもわたしは心底がっかりだ。庭の草を除って網戸も洗って窓も拭いたのに。海老や葱・生姜・大蒜、豆板醤も買ったのに。もうグレてやる。ソファで跳ねる元気もなし、病院に行くまでの時間をふて寝で過ごすよ。

2016年7月10日

　1番とちちおくんが些細なことで喧嘩した。
　それがわたしに思わぬ飛び火。
「カアだってうまい具合に主婦に収まったで呑気にスポーツジムなんか行っとるけど、あいつがもし結婚しとらんかったら仕事もねえし、まあ今頃どうなっとるかわからんぞ」
　と言ったのですと。なぬっやつはわたしのことをそんなふうに思っておったか。それも否めないからそんなに腹も立たんけど、やはり面白くはない。

　今日は実家の母と弟が車で病院まで乗せていってくれた。

途中ちちおくんに飲料を買っていきたいと告げるとわざわざ引き返してトラ〇アルで３ケースも買ってくれた。「これだけあればてるちゃんが毎回重い思いせんで済むし、同じお金落とすなら少しでも店の売り上げになった方がいいでしょ」と言ってくれた。有難き親の愛。１番もちちの愛はわかってるとは思うが、できることなら衝突せずにいてほしいよ。

> 2016年 **7**月**14**日

　かなり昔の話だが、１番から「偽善者！」と激しく糾弾されたことがある。きっかけは「ねえカアだったらデスノートに誰の名前書く？」みたいな他愛もない会話で「わたしそこまで嫌いな人っていない」と答えたからだ。本音を言えば「嫌い」になるほど人と関わりたくないだけなのだが。どんな人にも長所はあるから、嫌いにはなれない。同じく好きになるのに基準や理由はない。犬のようにだんだん馴れていくのだ。相手がわたしのことを嫌いなのはすぐわかる。苦手な人にはコンパクトに尻尾を丸めて抱えてから、にこにこ当たり障りなく話す術が身についてしまった。

　実のところ、職場の店長も「苦手な人」と思っていた。仕事熱心な堅物鉄仮面、効率ばかりを求める機械のような人なのだろうと。しかし昨年の８〜９月の惣菜課の忙しいさなかに厨房の仕事を手伝ってくださった。その際あまりの手際の悪さに、彼も人の子なのだと親近感を抱いた。また直後の面

談でジムの話ができた時に、わたしは簡単に子犬のように彼に懐いた。犬を飼う人が「犬好きに悪い人はいない」と思い込むような感じだろう、「フィットネス馬鹿に悪い人はいない」と思い、店長と畏れ多くも fb 友になった。完全なるわたしの下心でしかないのだが、仕事で感じるあれこれなど忌憚のない本音を聞いてもらおう作戦のつもりだった。

　しかしつい昨日、これは大いなる誤算だったと気付かされた。わたしはちちおくんが入院してることも、fb を通して知ってくれてるものとばかり思っていたのだが、店長はまるで fb なぞ見てもいなかったのだ。そういえば友達リクエストから承認まで５カ月かかったことを思い出すべきだった。普段まるで fb を触らない人だったのだ。今までどんなに足が痛くとも店長が見ててくださると思って頑張ってこれたけど、もうがっかりだ。明日から頑張れなくなったら店長のせいだ。

　ちちおくんが入院してからというもの、週２回の休みはいつも名古屋に通っている。せっかく名古屋まで行ってるのに、重い荷物のせいで美術館や展覧会などちっとも覗いていない。タカシマヤの地下で美味しそうなおやつやパンを買ってみたり、足を延ばしてもせいぜいナナちゃんの鼻息を見に行ったり、ZARA HOME のセールを覗いたりするくらいだ。よおし木曜は早く行ってコインロッカーを使って美術館に行こう、そう決めていたのに、風邪をひいてしまった。ここ数日、調子が悪かったのだが、今朝起きたら喉が痛く、声が出ない。咳も出るから、こりゃ面会は無理だな。洗濯物は

３番に持っていってもらうことにした。

　あれっ久々の「おうちでお休み」だ。掃除や網戸の張り替え、夏物の整理……やりたいことは山ほどあるのに、何も、ホントになにも手につかない。やる気が出ない。何をしてよいやら朝からポカーンだ。家にいたら２番も５時頃帰ってきて、すぐにちちおくんの許に行き、病院で合流した３番を拾って帰ってくるそう。とにかく今は早く風邪を治さねば。そんなわけでちびたちが帰ってくるまで寝てしまう。おやすみなさい。

2016年7月16日

　普段何事にもちゃらんぽらんなわたしだが、仕事は休まない。熱・滝のようなはなみず・滝のような下痢・歯痛で頬が腫れても、めんぼで瞼が腫れても行く。わたしの代わりなぞいくらでもいるが、同僚に迷惑をかけたくないからだ。しかし優先順位がちちおくんとなった今では、少しでも早く風邪を治さねば。起きたら熱が38.5℃あったので仕事を休んで医者に行き、ただひたすら寝ることにした。ちちおくんから電話。
「オメまんだ声が嗄れとるがや。わかっとるだろうけど、オメ今俺の手足だでよお、倒れられたら俺が困るでな。オメちゃんと治せよ」

　一瞬耳を疑ったよ。言うに事欠いてなんちゅう言い草な

の？　もっと言い方があるでしょ。わたしを労ったり心配したりする振りだけでもできない？　ぷんすか怒ってたら熱が上がってきちゃったよ。ぷりぷりと３番に報告したら「父ちゃんなりの労りなんだって。不器用だもんでうまく言えんけど、心配はしとると思うよ。許したって」と優しいフォロー。怒りを鎮めてまた布団に向かうわたしであった（仮眠は廊下や階段でとるけど、今日はちゃんと畳で寝てるからご安心を、って何の報告やら）。

2016年 7月23日

　子育てに失敗した。子らは家事を全く手伝ってはくれない。連休３日間をわたしは寝込んでしまったのだが、洗濯と炊事はせねばならぬ。わたしがやらねば誰もせんもんね。各々自分の洗濯ものを畳むように言っても「別に急がんでも元気になったらやればいいじゃん」と言われた。実はこれはまんまちちおくんの言い草なのだ。以前「子どもにもっと家事を手伝うように父ちゃんから言ってよ。わたしが言っても聞きゃしないんだもん」と頼むと「はぁ家事はオメエの仕事だろうがよ。オメ２番の代わりに店行ってカットやパーマ出来るか？　俺の代わりにタイヤのはめ替え出来るか？」と、けんもほろろだ。「家事ができんならジムに行く時間を削れ」と。そしてもっと蒸し返せば実はこれはまんま義母の言い草だ。彼女はフルタイムで働いていたので、家事は全て同居の彼女の実母がやっていた。シンクは寝る前に拭き上げて水を一滴も残さぬようにとか、毎週風呂と洗濯機の排水溝を分解

して洗えとか、月に一度カーテンを洗えなど、実に細かい縛りだらけだった。お祖母ちゃんが「お前も手伝え」と言うと「TVの時間を削ればできるでしょう？」と言われたそう。そして結婚後はそのままわたしが家事を引き継いだ。お祖母ちゃんは自嘲を込めてよく「召使いが召使いを使える身分になった」と言っていたものだ。

　寝込んで仕事にも行けず苦しんでいる最中、２番石垣島に旅行に行き、洗濯物をド山に出す。また熱が上がりそうだ。

2016年 7月24日

　ちちおくんの病院、平日は４時間、日曜のみ８時間の面会が許される。なのに今日はわたしのせいで早く帰る羽目になった。もう１週間も咳が続いている。人の消費する一生分の激辛ミンティアを一日で摂取した甲斐はなかったのだ。しかしちちおくんも調子が悪く、４時間ずっとうとうとしてたので、わたしも本を読むか寝顔を眺めるしかできなかったのだが。最近のわたしときたら色のない世界で漂っているかのようだ。感動もない。喜びも悲しみも怒りもない。全ての感情が薄まったようだ。ちちおくんはじわじわとわたしの一部になっていたのだと気づいた。

　ところで先週の風邪以後、わたしの体重は増えた。子どもの頃からだが、体調を崩すとわたしは食欲がなくなる。いや、正確に言うと満腹感がなくなる。食べたくもないが、食

べたなら食べたで際限なく食べる。小さい頃よく母に「体から出るものが熱を下げてくれるからね、いっぱいはなもかんで汗もかいてうんこやおシッコも沢山出すんだよ」と言われ続けたので、ティーネイ時でさえも「うんこ出たからもうダイジョブ」と思い込んでいた。あれは母親がなんとか食べさせようとして言った言葉だったのかもしれないが、わたしはまんまと洗脳されて、体調の悪い時ほどド力食いをするようになってしまったのだ。こんなに辛い思いをして、体重も増えている自分が恨めしく思える。

2016年 7月29日

　今の家に住んでから15年、わたしはずっと近所の○○医院に診てもらっているが、本心はここが大嫌いである。引退した先代のじじた先生は息子の通う保育園で、5歳児にも見破られるような手品を披露するお茶目な医師だったが、若先生は問診で「風邪をひいたみたいで」とでも言おうものなら「風邪かどうかは医者が判断する。患者は症状だけ言うがよろしい」と返すほどの頑固さだ。そのくせどんなに都度詳らかに説明しても『ピーエイ錠』を処方される。この医院のピーエイ錠への信頼度というか依存度は半端ではない。毎回違う症状でも必ず出されるのだ。そしてこの万能薬はじわじわと効くので、薬のなせる業か生来の自己の治癒力かは今ひとつわからないままだ。しかも若先生、診察時間は9:00からのはずなのに毎朝20分遅れる。この20分はなんぞやと問うと看護婦が「先生は準備をしておられます」と悪びれな

い。ならば8:40から準備をするか、あるいは開始時間を9:20〜と診察券にも看板にも表示しろ、と言って喧嘩になりかけたこともある。そんなに嫌いならほかに行け、と思われるだろう。しかしここは空いているのだ。いつ行っても待たされない。たったそれだけの理由でわたしは通い続けて、ピーエイ錠を服み続けているというわけだ。

　ところでいま現在わたしは依然として咳に苦しんでいる。藁にも縋る思いで同級生のとっつぁんの病院に行ったのが水曜日。ここ評判が良すぎるよ、9:00に着いて11:00の診察です、と宣告される。一旦自宅に戻り、雑用を済ませてやっと診てもらえた。もうこれで治ったも同然と思ったが、この水曜の晩が一番きつかった。咳込むと止まらなくなり、一睡もできなかったのだ。診断はエクトプラズマだのなんだのって言われた。口から煙がぼわわ的な恐ろしさだ。帰宅後調べたらマイコプラズマだったけど。

　木曜は高速を使わず下道でお見舞いに行くべく、3番にナビしてもらう計画だったが、已む無く断念。3番にお見舞いに行ってもらい、また木曜は丸一日を寝て過ごしたのだ。

2016年8月2日

　開口一番「逢いたかった〜」と言ってしまったわたしを諌めてちちおくん「あほかオメ浮かれとんなよ。俺この1週間殆どものが食えんかったのに」と言う。十二指腸が炎症を起

こしており、胃痛・吐き気で水も飲めないくらい辛かったんだって。「そだよね。ごめんね」と口では謝りつつも内心「わたしだってふらふらで頑張って働いたのに」としょんぼり。彼の体重は一気に40数kgまで落ち、蒸しタオルで背中を拭く時、あまりの窶れ具合に絶句。
「理科室の骨格標本みたいだよ」
「たわけ。内臓も脳味噌も揃っとるで高けえぞ」
「やっぱり腹だけ真っ黒だで、どこの理科室も要らんって」
　ウソである。彼には腹黒いところが微塵もない。

　２、３のお使いを済ませ、ただ並んで座って過ごす。どんなに機嫌が悪くとも、帰り際には「アリガトね、来てくれて」と言う。帰り道はいつも冴えない気分のまま、ぼんやりだ。

2016年8月4日

　金勘定が面倒臭いわたしは、家計のやりくりを全くちちおくんに任せきりにしてしまっていた。彼が入院した今も実は彼が孤軍奮闘しており、わたしは蚊帳の外からこれ買ったよ、あれに使ったよと報告するのみである。なんちゅうダメ妻であろうとお思いだろうが、もしわたしがきっちり家計をやりくりできたら、ちちおくんは生き甲斐を一つ失くしてしまいそうな気がして怖いのだ。言い訳に過ぎないかもだけど。

しかしながらただぱーぱーと使うばかりでは真のダメ妻だ。どこか節約できるところがある筈、と考えた。かねてより懸念していたのが、わたしの見舞いにかかる交通費である。名古屋高速を使えば1回で1960円かかる。JRと地下鉄を使えば1560円だ。これが月に8〜9回。もう高速を使わずに車で行くしか節約の道はないのだ。方向音痴・地理音痴の上、車の運転が大の苦手。ずっと二の足を踏んではいたが、3番が夏休みに入ったことだし、彼の携帯電話のアプリでナビしてもらって、今日は死ぬ気で名古屋の街を走ったぜ。ホントはちちおくんに褒めてもらいたかったけど、ちちおくんも調子が悪かったのでしょうがない。何度も走って道を覚えるのだ。ナビなしで行けるようになったら改めて褒めてもらおっと。

2016年8月15日

　スズキの家系は内弁慶だ。ご近所でも各々の職場でもたぶん勤勉で柔和で控え目な人という評判を得ているのだろう。しかし身内では皆自慢話が大好きだ。ちちおくん・義父母・義弟、皆なんとか寝技に持ち込もうと構える柔道家のように、どんな話題でも虎視眈々と機を窺い、じわじわと間合いを詰め、そしていつの間にか自慢に持っていくという高等な技の持ち主ばかりだ。その血を色濃く継いだのが1番で、彼女は褒められて褒められて本領を発揮する。陵南の福田吉兆さながらに「もっと、もっと俺を褒めろ」とふるふるしちゃうのだ。それに対してわたしと2番3番は、褒められること

に慣れておらず、抵抗がある。少しでも褒められると「やだやだ全然そんなことないって」と全力アタックで叩き返してしまう。家族全員ほどよくスマートなリアクションを身に付けることが目標だ。

　ちちおくんから電話。「体力測定したけど、握力が36しかねえ。普段の半分に落ちちゃった」とひどく落ち込んでいる。最近では体重40kgも割ることがあるそうだから「仕方ないよ、22〜23しかないわたしよか断然上回ってるよ」と下手な慰めを連ねると、彼すぐに気を取り直し「それでも20代30代のやつらよりダントツ結果が良かったでな。前屈なんか、膝が曲がっとおへんか疑われて2回もやらされたでよお」と警戒してたにもかかわらず、うっかり寝技に持ち込まれた。ううん。やはりスズキの家系はタフである。

2016年8月21日

　10月末にちちおくんの骨髄移植ができる運びとなった。今まで何一つ知らなかったが、ドナーがどこにお住まいであろうと、主治医自らドナーのところに出向いて採取した骨髄を持ち帰る、という決まりがあるらしい。ちちおくんの担当医は40代前半と思しき美女。毎週のように北海道に沖縄にと飛び回っているので、やはり日常の激務の反動で休みは趣味の旅行に走ってしまうのだろう、なんて思っていたのがとんだ誤解。しかしなんでクール宅急便じゃいかんのだろう。責任問題としても、専用のバイト君でもいいのでは？　と思

えるし、骨髄採取が一番の目的としても、医師の技術は全国どこも同じ水準を満たしている今日、なぜわざわざ忙しい主治医が走らねばならんのか、は未だもって謎。そしてドナーの情報は事前には一切知らされない。主治医の交通費や宿泊費は患者負担なので、遠方のドナーと知って費用が払いきれずに断ってしまう例があったそう。そしてドナー側も骨髄採取前後２日ずつ調整を要するものだから、ドタキャンされる例もあったそうで、手ぶらで帰っても交通費は患者負担という厳しさ。あれこれ手放しでは喜べないところもありつつ、やっぱり嬉しい。長い長いトンネルで、やっと出口の光が漏れて見えてきた感じなの。

　これからの抗癌剤治療はだんだん薬が強くなるそうだから、また食べられなくなるかな、熱が出ちゃうかななどと心配もありつつ、もうちちおくんには頑張って耐え抜いてもらうしかないのだ。ちちおくんの誕生日３月24日は家でお祝いできますように。

2016年 8月27日

　ちちおくんがやって来る　ヤア！　ヤア！　ヤア！　ってわけで明日日曜日、突然一時退院できることになった。しかし明日は法事があるので、迎えに行くのは夕方になってしまう。しかも抵抗力がまるでない今、家でなんかの菌に感染したらあかんから埃の一つも落ちてないように、と脅されて、今日は家中雑巾がけをした。さらに食べるものも果物・生野菜・

卵・海藻・刺身・寿司……と食べられないものが多過ぎるし、調理してすぐ食べなあかんから、作り置きができない。よって、木曜までの4日間、ジムも仕事も休まなあかんという、嬉しいけどむっちゃ厳しい状況。ああキンチョーするよ。なんか不手際があったらどうしよう。嬉しいけど怖い、困ったけどやはり嬉しいといったハラヒレホレハレな心境なので、ソファで跳ねる間もなし。気持ちがふわふわしちゃってちゃんと文が書けないや。誤字脱字も許されよ。今からさらに掃除だよ～ん。ああいそがし。

2016年8月31日

　ちちおくん102日ぶりの我が家だ。もっと寛いでくれるものと思っていたのに、実際はとても神経質だ。何につけ最悪の事態を想定してから動く彼が作り上げたシナリオは、彼が何かに感染したことによって造血細胞移植センターは閉鎖せざるを得なくなり、患者たちは他県の施設に散り散りになるという結末。自分の体より、他人様に迷惑をかけることの方が死ぬほどつらいのだ。常にそれが頭の片隅にあるものだから、家族は終日マスクをつけ、何度もうがい・手洗いをし、ドアの取っ手や調理器具にはしょっちゅう消毒する。あっ襟が曲がってるよ、って直すときも「ちょーオメ手ぇ洗った？」なんて具合、まるで黴菌扱いだ。外気を入れぬよう温度差の無いよう、洋間とリビングの冷房は点けっ放しだ。しかも退院直前に骨髄採取をした。日を追うごとに骨髄が繊維化して採るのが難しくなっているそうで、今回はとても腰を

痛がっている。家でも一日の殆どを布団で過ごしているのに、寝返りの度に痛そうに唸っている。わたしはちちおくんが隣にいてくれさえすれば、一晩中ぐうぐうと眠れるものとばかり思っていたが、甘かった。彼の寝息が乱れても彼が唸っても目が覚めてしまう。昨夜などわたしは胃が痛くて眠れなかった。本人がこんなに弱っていてピリピリしてるのに、一時退院って何のメリットがあるのだろう。

　だがしょっちゅう痛くなる彼の胃袋がここ数日元気なのはまだ救いだ。天ぷら食べたい焼き肉食べたいと言ってくれると嬉しくて嬉しくて、いそいそと支度をするのである。

2016年9月9日

「3番と下道で名古屋を運転チャレンジ」も4回目だ。いくら運転の苦手なテルコと言えど、いい加減道も覚えたのではと思われるだろうが、この携帯電話のアプリのナビってやつが、ご親切に渋滞を避けるものだから、過去4回とも違う道で案内された。昨日なぞ名駅前のひりひりに混んだ『ザ・都会』な道を走らされた。土地勘の良いちちおと2番は23号を使え、常滑産業道路を使えとうるさいが、わたしは過去4回のうち、曲がるポイントが少なく、道なりゾーンが多いルートを選ぶことにした。もうこれで病院にだけは行けるよ。

　日曜は右手がぽんぽんに腫れて、箸を持つのも辛そうだっ

たちちおくん、昨日は調子が良く、機嫌もいい。ここのところ毎日数百グラムずつ体重が増えてることにも喜ぶ。ただ増やせと言われれば１日に１kgだって増やせるわたしには体重が増えないなんて異星人の悩みだ。わたしと二人きりならひっきりなしに喋る３番、ちちおくんと二人きりだと殆ど喋らない。だがちちおくんの機嫌のよさにつられたのか、海水浴やデートのバカ話を披露し、終始げらげらと笑って過ごした。わたしたちは売店で弁当を需めて食堂へ行き、給食を食べるちちおくんと３人でともに晩御飯を食べた。あまりに笑い声が大きいのでたびたびちちおくんが制せねばならないほどだった。

　じゃあねと手を振って別れた帰り道、ナビおくんは往路とは裏腹に暗く狭い田舎道を案内してくれた。３番は隣でぐうすか寝てるし、知った道に出るまでわたしは気が気じゃなかったことは言うまでもない。

2016年9月15日

　ヤッホ！　今日はナビなし、一人で下道で名古屋アタックだ。気合を入れるため、真っ昼間から風呂に入り、普段使わないミルを引っ張り出して豆を挽きコーヒーを淹れた。最後に使ったのは去年の夏の伊豆旅行で長距離運転してくれるちちおくんのためにコーヒーを準備したんだっけ。香りで落ち着こうとペーパードリップの滓もプラコップに入れて座席の下に置く。うんいい匂いだ。BGMはマックルモア＆ライア

ン・ルイス、ザ・ブラック・キーズ、キングス・オブ・レオン、アヴィーチーの4枚。コーヒーやのど飴、CDを持っていざ出発。さしてキンチョーもせず、焦ったりパニックに陥ることもなく無事に到着……と自分では思っていたのだが実際は緊張していたのだろう、CDも交換できず、コーヒーも飴も手を付けずいや持ってきたことさえ忘れて走ってしまった。

　病室に入るとちちおくんのベッドが窓側に移動している。ああ嬉しい。外が見えるだけでうんと気分がよい。窓枠分廊下側よりも広く、そこに座ることもできる（見舞いは一度に二人まで許可されてはいるが、椅子は一脚しかない）。日が短くなったので、遠く名古屋港の観覧車がちかちかと光って見える。色や動きがプログラムされていて、どんどん変化していく灯りを見ていると飽くことなくいつまでも見ていられる。二人でいると話題は子どもの事ばかり。4時間はあっという間に過ぎた。

　帰路はちゃんとCDも楽しみ大声で歌いつつ、帰宅後、勝利の美酒ならぬ常温のコーヒーを飲み干し、のど飴をなめたのであった。

2016年9月23日

　知性の欠片もないスズキ夫妻、病室でも馬鹿話が炸裂だ。車で帰った時に阿久比のオアシス橋を渡ってから、安心した

のか道に迷ったよという報告に、ふいにちちおくんが聞く。
「テルコさんオアシス橋の意味を教えてや」
「意味なんてあるの？」
「押さない・駆けない・喋らない、みたいな標語になってんだよ」
「おはよう・アリガト・しょうがない・すみません、かな」
「はぁオメ何で途中で諦めた？」
「だで謝ったじゃんか。正解は何？」
「知らんがや。ほいだで教えてって言ったんだがや」
　……隣のベッドから思わず噴き出す笑い声。
「ごめんなさいねえ。うちのやつがあほで」
「いやいやいやこちらこそごめんなさい、立ち聞きのような真似をして。でもね、ホント僕、奥さんが来られるの、楽しみにしてるんです。会話が面白くて、病気と闘ってるんだってことを忘れさせてくれるんですよ」

　そうなのね。入院患者は投薬・採血・輸血・検査に点滴……とスケジュール目白押しで終日病気の事しか考えられなくなっている。患者の半数は女性だが、女性は患者同士３〜４人のグループを作り、よく食堂や談話コーナーで喋っている。娘や母と思しき見舞い客はよく見かけるが、ご主人のお見舞いはあまり見かけない。その様子を見ていると、たぶんうちも、もしわたしが入院してもちちおくんは見舞いに来ないだろうことは容易に想像できる。辛いのも寂しいのも性差はないのにね。

　帰り際に作業着のまま駆け込んでくるご主人を見かける。

ご近所なので毎日来られるが、面会時間の終了が早過ぎるので、遅れると携帯電話で奥さまにエレベーター前まで来てもらってガラス越しに顔だけ見て手を振って帰るのだそう。こんな優しいご主人もおられるのだ。ああ患者の皆さん頑張って。お見舞いが少なくても代わりにわたしが心の中で応援してるからね（って別にありがたくないか）。

2016年9月29日

　日曜からまた５日間ちちおくんの一時退院だ。前回わたしは心身ともに疲れ果てたので、今回微塵もうきうきしてない。普段から波平とカツオのような夫婦関係なのに、一時退院中はまるでカツオの試験週間だ。頑張っても頑張ってももっと勉強しろと尻を叩かれ、褒めるどころか満足さえしてくれないのだ。ジムも仕事も休んで召使い業に従事する。退院前に必ずある骨髄液の検査というのがちちおくんにはとても負担が大きく、退院中腰が痛くて痛くて思うように動けない。しかも中一日輸血のために通院だ。こんなに忙しい思いをしてまで退院させる決まりって何だろう。一時退院も手放しでは歓迎し難い。また体調が悪くなったらどうしよう、などとどうしてもマイナス方面に考えが行きがちだが、今はただ家中の床を雑巾がけし、家具やドアノブを消毒液で拭かねばならぬ。

　何はともあれただ頑張るしかない。わたしも、ちちおくんも、子どもたちも。

文句あるなら 化けて出ろ

2016年10月2日

　今日はいよいよちちおくんが一時退院してくる。免疫0というひりひりの状態で、ますますご飯は何を作ってよいやら不安だ。再入院後は抗癌剤もきつくなって何も食べられなくなるらしいから今のうちにカロリーを摂るぞ、という意気込み。前回は熱が出て後半寝たきりみたいになっちゃったから、今回は初球からトバしていくよ。まず昼にステーキだって。食材のみならず調味料も都度新しく買うらしいよ。また仕事休んでも毎日3回トラ○アルに行くよ。バツ悪いしカッコわる。

　土曜日に思い切り泳いだ帰り道、ジムの駐車場で仲良しのギョロメちゃんの車を見つけた。そういえば今日は一度も顔を見なかったなと思いつつ仕事に行った。品出しの商品を見てギョッとした。消耗のパレットが3枚、雑貨のパレットが2枚も届いていた。ここ、こんなん無理やん。しくしく……と凹みつつ店頭に出ると、ギョロメちゃんにバッタリ。「やっぱりスズキさん隠れとったな。この時間なら絶対おると思ってもう店を2周しちゃったがね。要らんもんばっか目についちゃってさ、こんなにカゴに入れちゃったで破産したらスズキさんのせいだでね」ふふふ。目についた時点できっとそれは要るものだよ。優しくて愛くるしいじじいだぜ。

　ド山とあった商品もレジやドラッグの方々が手伝って下さって、無事に出すことができた。よっしゃ5日間、頑張る

わ！

> 2016年 10月 5日

　わたしの苦手ずばり「早起き・運転」を今日は二本立てで実施。ちちおくんの輸血のために朝７時に家を出て、名古屋高速をひた走るという使命を負ったのだ。しかも当初は15:00終了の予定だったので、午前中病院の近くを散策し、午後は栄まで出て美術館に行こうと計画していた。しかし可哀そうなちちおくん、わたしは持参したおにぎりをお午に食べたが、彼は外食もお弁当も食べられない。腹ペコで拘束されるのだ。正午に彼に電話をしたら、なんともう小一時間で終わるから１階の受付で待ってて、とのこと。よかったね。でも美術館には行けない。ちょっとがっかりで待ち合わせて無事に家路についた。

　紙皿・紙コップ使用に加えて飲料は全て500 ml ペットボトルなので、ごみがすごく溜まる。今のところ恐れていた熱もなく、食欲はある。晩はすき焼きにして、朝は卵サンド食べたいとリクエストしてくれるのが嬉しい。１番も仕事終えたらすぐやって来てご飯を一緒に食べてくれ、ちちおくん上機嫌だ。今日は４回もトラ○アルでお買い物だ。ああ忙し。忙しくて、幸せだな、としみじみ思う。

文句あるなら 化けて出ろ

2016年10月6日

　ちちおくんの病院に行った帰り道、独りで車を運転していると、わたしはなんだか自分がハムスターにでもなったような錯覚に襲われる。狭いケージの中の回し車を走っているかのように思考ぐるぐるポケットにすとんと落ち込んで、同じことを延々考え続けてしまうからだ。

　ちちおくんの骨髄移植が22日に決まった。彼はとてもナーバスになっていて「どうなっちゃうんだろ」とため息を繰り返す。「もう自分でできることなんて一つもないじゃん。考えたって仕方のないこと。もう俎板に載っちゃったんだから、あとは料理されるのを待つのみだよ。退院したら最初に何しよかなとか考えれば？」とお気楽発言しつつも腹ではわたしも同じ。移植さえすれば全てハッピーというわけではないことも、生着（新しい骨髄から血液が造られること）にあらゆる免疫反応が出ること、術後１年の生存率もネットで調べてるし、知っている。何も考えないように努めても、運転していると目から汗がぼどぼどと零れたりするから厄介だ。

　家に着いてfbを開くとホッとする。今半に行ったよ・映画観たよ・飲み会に行ったよ・KinKiのコンサートに行ったよ・家族と信州に行ったよ……一人ずつちゃんと各々の生活をしていて、遠くから覗くだけでも世界が広がって、わたしも回し車から降りて、ヒトに戻れるような気がするからだ。

今回の一時退院は多少熱も出ちゃったが概ね食欲もあり、毎日楽しく過ごすことができた。やることがないと二人並んでJスポーツchで2輪・4輪のレースばかり見てた。ちちおくんによく「オメーは楽天家でいいよな」と言われる。そうなのだ。わたしはまた以前と同じ生活に戻ることしか考えていない。移植の成功率だの生存率だの、気がかりはホント多いけど、わたしが元気でなきゃしゃーないやんけ。

2016年10月13日

「ねえ『目が滑る』ってちゃんとした日本語かなあ？」友人に問われ『広辞苑』で調べてみたが、記載なし。関心のない記事や難しい文章が頭に入らないという意味で使うのだそう。なるほど、よい表現だな。新しい形容でも多数の支持を得れば、のちにちゃんとした日本語になるであろうよ。

　ちちおくん明日からいよいよ個室にて骨髄移植の前治療に入る。抗癌剤投与と放射線照射はドナーの骨髄を受け容れられるよう自らの骨髄を空にする作業だ。これから生着までの約4カ月、部屋からも出られない。面会も登録した2人のみ許可される。面会と言えど、熱が出たり戻したり下したりの際の身の回りの世話が必要なのだ。パジャマ・下着からスリッパ・歯磨き粉・ボディソープまで、全てまた新調せねばならぬ。付き添いがいる方が看護師やヘルパーの負担は減るわけで歓迎されるものの、洗濯機やシャワーは患者のためのものだから付き添いは使えない。こんな広い病院だもの、有

料で構わないからどこかに付き添い用のシャワーくらい設置してくれてもいいのに。

　同室に会社の重役と思しき方がいて、個室入りの前日に奥さまと弁護士とで遺言状を作成していたのですと。ちちおくんすっかりナーバスMAXになって、ネットバンクを普通口座に移そうかなどと相談してくる。ああもうやんなっちゃう。看護師も同意書を6、7枚持ってきて署名せよと言う。「失敗することもあるのだよ」と暗に言われてるようで精神的に追い詰められる。極めつけに『造血幹細胞移植について』という30頁ほどのプリントを綴じたものを渡される。副作用、感染症、合併症……全てネットで調べて既に知っていることばかりの筈なのに、ああなにも頭に入らないよ。目が滑るとは秀逸な表現よの、と改めて実感したのだ。

2016年10月16日

　ちちおくん首からカテーテルを入れ『心臓にじかに輸血や点滴を』システムになった。出血が止まらなく、サヨナラ天さんTシャツの涙目チャオズが血まみれになった。
「うおっ突然サイボーグ化しちゃってカッコいいじゃん」
「バカヤロ。茶化してもテメ『心配だーなんまいだー』って顔に書いたるがや」
「いい気味だザマミロと思っとるよ。それになんまいだーって何だよ」
「知らんがや。何でもまず笑いにするのがオメエの癖だろ」

ちち更にわたしの顔を覗き込む。
「『プール行きたい』って書いてあるぞ。ははぁんこりゃ現実逃避だな」
　ぎくり。
「全然ハズレだわ。そんなん考えとらんわバーカ」
「おっまた更新されたぞ。人気ブロガー並みだなどれどれ『わし父ちゃんが死んだら生きてる意味ない』だって。嬉しいこと言ってくれるじゃん」
「しょってらあ。図々しいじじいだな。わし父ちゃんがおらなんだらぜってー若い燕と豪遊するぜ」
　いかん。声が震える。
「ふふ図星だな。テメ照れるとすぐ言葉遣いが乱暴になるでよ、丸わかりなんだって。豪遊っつったってホットケーキ食べるくらいが関の山だでよ」
　駄目だ駄目だ駄目だテルコ踏ん張れと念じていると意地悪の加速したちち、更に畳みかける。
「『もうやめて父ちゃん、これ以上言われたら泣いちゃう』って書いてあるぞ」
　あかん。顔が上げられない。ちちの顔が見られない。マウスピースが宙高く舞い、マットに倒れこむジョー。髪は既に真っ白だ。わたしは初めてちちおくんの前で涙してしまった。

「ごめんな。いっぱい我慢させたな。俺がオメエを笑顔にしたらなあかんのにな。ごめんな」
　わたしも生まれて初めてちちおくんの涙を見た。二人で抱き合ってさめざめと泣き続けた（無菌状態を保つため、実は

接触NG)。

　意外や1回泣いたら途端に吹っ切れた。二人で顔を見合わせてあはあはと声を立てて笑い「すっきりしたらなんかお腹空いてきた」と冷蔵庫のプリンを食べたのだ(付き添いは部屋での飲食もNGだが)。

2016年10月20日

　結婚前の事「うちは母が専業主婦だもんで、TVや芸能界の話が多いよ。自分の話題はないのかって、ちょっと寂しくなる」「うちなんか仕事の愚痴や、顔も知らん人の悪口聞かされるぜ。そんなんよか罪ねえでよっぽどいいじゃん」。で、わしらはゴシップや悪口を言わんとこうね、って話し合った。しかし入院中のちちおくん、TVしか娯楽がないからすっかり芸能通になっている。「ゴールデンタイムのCMやってる子、石田ニコルだって」「遼河はるひは愛知県出身だよ」「どん兵衛師匠は加山雄三じゃねえかな」と熱弁を奮われる。わたしもさして興味もないが精いっぱい相槌を打つ。TVの話が尽きると自然に共通の友人の話になる。「ピュアげんはいつも自分のことは後回しでよ、他人にばっか尽くしとるでな」「ダイジョブだよ。最近はそうでもないみたいだよ。今日は今池の花屋さんに一人で行ったかも」「へえあいつ意外とロマンチストだな」(関係者各位、口裏を合わせてね)

無菌室に入ってからというもの、容態は落ち着かない。短時間に熱が上がったり下がったり、昨日は両足と顔がぱんぱんに浮腫んで別人の風貌だった。「皺が伸びて男前だよ」と言ったものの、なんだかおじいちゃんみたいだ。暗いニュースに心を痛めており、鍵を掛けろ、網戸にせずエアコンを使え、と何度も言う。意識が混濁するのか、たまに辻褄の合わない事も言う。食欲が全くなく、何も食べていないのに吐いてしまう。口の中が荒れてしまい、綿棒で薬を塗る。舌も腫れて呼吸がし辛そうだ。「よくあることらしいから、ダイジョブだよ」と言ってみても、心配だーなんまいだー。

　ちちおくんの給食を、食堂で一人ぽつんと食べる。隣の個室の付き添いのご主人が「奥さん、みんな部屋で一緒に食べてますよ。誰が見てるわけじゃなし、もしバレてもそんなに叱られませんって」と声をかけてくれる。しかし、ちちおくんが規則やルールに従わないと気が済まない性分なのだ。しょうがない。
　個室のいいところは、面会時間に関係なく、いつ来てもいつ帰ってもいいところだ。消灯の21時までいるねって決めたのに、20:30になったらまあ帰れはよ帰れと追い立てられる。勢いに押され急かされて、わかったわかったと急いで病室を出る。名駅に着いてから、あらしまった、わたし自分のスカートを脱いで、ちちおくんの寝間着のズボンを穿いてたんだった、と気付いた。いかんいかん。わたしが周りから心配されちゃうね。

2016年10月22日

　いよいよ骨髄移植の日を迎えた。予定は17:00頃だからその頃来てよなんて言ってたくせに、午過ぎに到着したら「なんでもっとはよ来てくれなんだ」とわたしを責める。辛かった、心細かった、とすっかり弱気だ。聞けば10時に電話したら出なかったので、てっきり病院に向かってるものと思い込み、心待ちにしていたのだそう。それならそれで最初から早く来てって言ってくれればよいものを、昭和の漢はどうも素直じゃない。足の浮腫みは悪化して足首がわからないほど、まるでサリーちゃんの足だ。点滴は二つ、指に血中酸素と心拍数のセンサー、胸に心電図のパッチ、ポケットにモニターを入れて、全身管だらけ、線だらけだ。利尿剤を投与されているので、頻繁にトイレに立つ。ベッドを降りるたびに動き辛くて苛々する。どんな話をしても聞いているのかいないのかリアクションはなし。そのくせわたしが窓側に行くと傍にいてよとごねる我儘ちゃんだ。

　さあドナーの骨髄が到着しましたよ、の期に及んで終日下げてる生理食塩水、更に血圧を下げる薬と利尿剤が追加され、点滴台に四つのポンプが鈴なりだ。ドナーがたまたま同じO型の方だったので、ちちおくんの血液型は変わらずに済んだ。「性別もたまたま同じだったので、性別も変わらずに済みました」普段真面目な先生の渾身のギャグもちちおくんはスルー。ちちおくんには伏せているが、腎臓の働きが悪くなっており『腫瘍崩壊症候群』の疑いがあるそう。移植が終

了した時点で改善せねば透析を実施するが、感染症のリスクが上がるので避けたいところ。状態如何では一生透析せねばならないかも、と宣告された。

　21時まで一緒にいたがまだ移植は終わらず。「もう安心して眠ってね」と部屋を出たが、この土、日は仕事なので、月曜まで会えない。帰りの車中はBEPを大音量で掛けたが耳が塞いでいるのか、何も聞こえない、水の中にいるようだった。

2016年10月29日

　今月から仕事も週に3回休みをもらい、ちちおくんの許に行く回数を増やそうとしていたところだったが、病院からそれとなく「皆さん毎日詰めておられますよ」「人を雇ってでも付き添っておられます」と打診される。何よりも「週に1回でも来てくれやええて」と強がっていた本人が昏睡から覚めるたびに「てつ〜てつ〜」とわたしを呼ぶのだそう。それで仕事もジムも休んで毎日病院に行くことにした。依然腎臓の働きは悪く、浮腫みも悪化し、自力で全くベッドから起き上がれなくなった。筋力の低下は釣瓶落としで、プルトップやペットボトルも開けられない。指も浮腫んでいるので細かい作業ができない。ボタンがかけられないし錠剤をパックから取り出せない。排泄のコントロールもできなくなった。ひと様に迷惑をかけることが死ぬほど辛い彼のこと、いちいち看護師を呼びつけて手を煩わすのは屈辱なのだろう。「こん

なことさせるために結婚したんじゃないのにな」「いつも世話ばっかかけてるから今わしはちちに借金を返しとるんだがね」そうなのだ。日頃全く頼りにされてない分、わたしは嬉しいのだ。

　しかし一日の殆どを眠っている彼の傍らで実はわたしは退屈していた。本を読むとやたらと感情移入してしまい、怒りや悲しみに振り回されるので危険だ。わたしは漢和辞典と「超難問ナンプレ」で時間を潰す。簡単に集中できて思い煩いを意識から閉め出せるからだ（漢和辞典もナンプレも家用、病院用がある。しかもナンプレは２冊とも弟が買ってくれたものだ。以前お見舞いに来てくれた時にちちおくんに雑誌を買ってくれるついでに買わせた）。

　ところで最近の夫婦間のシンクロニシティに驚いている。わたしは抜け毛が増えたし、貰い下痢、口内炎、手足の浮腫みもあるのだ。想像妊娠みたいなものだろう。想像被曝と呼んでもいいかな（おっと滅多なことを言うと病院から告訴されちゃうかも）。

2016年10月30日

　ちちおくん熱が下がらず、いよいよ尿道カテーテルでサイボーグ感アップだ。サインペンほどの太さの管でまずビジュアルに衝撃（刺さっている部分はもっと細いそうでちょっと安心）。毎日血漿・血球の成分に分けて輸血はしているもの

の粘膜が破壊され、口の中は荒れて出血があり、血痰も鼻血も出る。飲料はストローで飲めるがうがいは座位でせねばならず、起き上がるのに腕をひいても背中を支えても痛がるので、時間もかかるし体力の消耗も著しい。うがいは看護師が目視で状態の観察ができるように、トレイに吐き出したものを全てビニール袋に移して口を縛って置いておく。

　午後からリハビリの先生が来られる。足首の曲げ伸ばしをするだけで息が上がる。先生に起き上がるのを手伝ってくれるよう頼むと、コツを教えてくれる。まず脚部を上げて、両手で頭部のバーを摑んでベッドの起き上がる部分に位置を合わせてからベッドを起こすと簡単に起き上がれるのだ。ああやはり現場を知り尽くしているプロの助言を仰ぐべきだ。「こんなにしんどそうなのに何もできなくてごめんね」「何言っとるだ。呼んだらすぐに返事するのがオメエの今の仕事だがや」そうなのか。それならわたしの仕事を全うするね。

2016年10月31日

　これはちちおくんではない、病気が言わせてるのだ、と頭ではわかっているものの、テルコは数々の暴言に堪えきれずにいた。「とろいなぁもっとちゃっちゃとできんの？」「いちいち言わなわからんのか。いい加減覚えれや」当たり障りなく近況報告をしてもいちいち言葉尻を捉えてねちねちと突っかかってくる。呂律が回らないのでうまく聞き取れない。血痰が増え、錠剤を嚥み下せない。抗癌剤はいよいよ体の隅々

まで攻撃してきて、何一つ思うようにいかない苛立ちを全部わたしにぶつけてくるのだ。笑顔で受け流すと「所詮オメエには他人事だもんな」「どうせ俺の辛さなんかわからんもんな」これ以上言われたらわたし点滴に界面活性剤を入れ兼ねんわ、というところまで追い込まれると、取り敢えず離れて食堂や談話コーナーでコーヒーを飲んで深呼吸する。

　皆さんはわたしの投稿を読んで「愛だわね」とちやほや持て囃して下さるが、実際はそんなうつくしいものでは決してない。わたしはちちおくんが大大大好きだ。わたしのような何の価値もない人間と違って、彼は人として良い資質をいっぱいいっぱい持っている。誰にも優しく道徳心も高い、とてもしっかりした正直で真面目な人だ。絶対亡くしてはならない人なのだ。しかし愛ではない。オットとしては厭なところも沢山あるのだ。彼は腹のどっかでツマがオットに尽くすのは当たり前だと思っている節があり、老後はもっと干渉してくるだろう。いまはうんとうんと彼に尽くして今までのご恩返しをさせてもらい、完治した暁にゃ別れてもらおうなどといった悪だくみを心の片隅にひっそりと抱えていることも事実なのだ。

　ドラマなんかで白血病の少女が長い髪をくしけずると櫛にずるりと長い髪が……なんて場面、あれは嘘だった。ちちおくん、毎日枕に抜け毛がびっしり。頭皮が敏感になってて「燃えるように熱い」「表面だけが痛い」と訴える。長髪でもたぶん髪を梳かそうなんて思いもしないだろう。いつの間にか抜けてる、知らぬ間に薄くなってるなんて、へるまん、幸

せだよきっと（って慰めにゃならんか）。

　1番がジュヴォーのエクレアを持って家に遊びにきてくれた。わたしを一目見るなり「なにカア、老け込んじゃって、しわっしわのたるったるじゃん。髪もボーボーだし白髪だらけだよ。手まで皺だらけじゃん。ヤダヤダそんなババア丸出しで毎日名古屋まで行ってんの？　そんな汚いカア見たら、治る病気も治らんよ」とぶった斬る。うううキツイけど、そこまで言ってくれるのは娘だからこそだよね。わたしが自分に関心を払う余裕がない分ちちおくんもわたしが老けようが枯れようが関心はないだろう。でもこれじゃいけないな。ちちおくんが元気になったその時に惚れ直してもらえるよう、もっと手入れをせねば。わたしは反省して白髪を染め、シートマスクして顔のマッサージもしたのだ。

2016年11月2日

　移植前に渡された小冊子には確かに「肝動脈閉塞症」「腎不全」「不整脈・心不全」「肺機能・中枢神経障害」などおどろおどろしい症状が羅列されていたが「廃人のようになる」なんて書いてなかった。いまのちちおくんは日に日にがたがたと悪くなり寝たきりだ。咳込んで起きると胎盤・羊水もかくやというほどの血痰をどぶどぶと吐く。痰が絡むので常に口は開けっ放しだし、呼吸もぜろぜろと苦しそう。怒っているのは分かるがふがふがと何を言っているのかさえ聞き取れない。目は何を見ているのか、覗き込んでも視線が合わな

い。目を開けている間はちびたちの報告や昨今のニュースを聞かせるが、たぶん覚えちゃいまい。突然浮腫みはすっかりと引き、象のようだった足は老いて瘦せ細った象の足になった。皮膚はところどころ硬化し黒ずんだり斑になり、妊娠線のようなものも走っている。わたしも漢和辞典を開く余裕もなく、血痰が出たらすぐ取り除けるよう傍らで手を握りじっと待機する。タイムマシンで未来に来ちゃって、96歳のちちおくんに付き添ってる感じだ。

　21:00消灯時間に「ちち、わしもう帰るね。お利口にしてね」と声をかけるとくかくかと寝息を立てながら目から一条涙が流れた。ああちちおくんは闘っている。わたしも狼狽えずに頑張ろ！　と深呼吸をした。

2016年11月4日

　漸く、というのもおかしな言い方だが、ちちおくん２週間かかって漸く抜け毛が目立ってくる。皆２、３日でつるつるになると聞いていたので、なんちゅう往生際の悪さか。10月５日に坊主に刈ったのに、枕の抜け毛はもう３cmほどの長さになってる。看護師が指さして「奥さん、この辺産毛ですよ。抜ける端から生えてきてるんですね」と驚く。ああちちおくんのバカバカ。どうせ抜けてしまう髪の毛に栄養を送るくらいならなぜ回復のためにその栄養を使わんのだ？

　最近は朝８時に家を出て晩10時半に帰宅する。洗い物は

溜まり、洗濯物も畳めず、掃除機もかけられず、家の中はめちゃくちゃだ。昨日やっと夏物がしまえた。家の方もしっかり手を掛けねばと思った矢先だが、ちちおくんますます容態が悪化している。昨日は眠る時間は少なく、目も口も開けっ放しで終始かたかたと震え続けていて、呼びかけても反応は薄い。まるで96歳のヤクの切れたジャンキーだ。ああわたしが昨日プールなんか行ったから？　肉なんか食べたから？　アイスなんか食べたから？　何もかもがものすごい罪悪感だ。「ちち初詣の時手を握ろうとしたらものすごい勢いで振り払ったよね。いまは手を握ってても怒らないからね、嬉しいよ」と話しかける。ああどうか頷いて。首を振って。手を振り払ってもいいから。

　看護師の誰か一人でも「皆さんこうなりますよ」「誰もが通る反応ですよ」と言ってくれさえすれば安心するのに、にこにこと「きょうも大変ですね」なんて言われて不安が募る。腎臓の働きが悪く、浮腫みが引いた途端水分量は減り、血中ナトリウムの値が上がってきてるのだそう。頑張って頑張って頑張って。祈るような思いでちちおくんに向かう。

2016年11月6日

　書いてもしんどいだけなのに、なぜわたしは止めないんだろう。わたしは今書くことでしか自分の気持ちを整理できずにいる。書くことが浄化作用になっているのかも。何よりも元気になったちちおくんに「この時のこと、覚えてる？」

「じゃこれは？」と聞いてみたいのだ。

　採血を五十余項目に分析した検査結果を見ると、一昨日より、昨日より数値はますます下がってる。粘膜の荒れは口や喉のみならず、食道や胃まで広がり、血便が出たそう。しかし昨日より反応した回数が多いわ、意思表示が多いわ、アクションが多いわと少しの希望にも縋りつく。リハビリの先生が両手で足を支え、足首の曲げ伸ばしをするのさえがあがあと声を立てていやがったくせに、ちちおくんふと気づくと両の指を組み、横になったまま体育館座りのように膝を抱えていたりするのでびっくりだ。動かせるところを精いっぱい動かして自分の体を再認識しているかのように見える。

　がさがさに乾燥した足を始終痒がって掻いてばかりいる。一昨日ウェットティッシュで拭いたらスーッとするのか気持ちよさげにごくんごくんと頷いていたことを思い出す。同様にさっと拭いたらどうやら沁みて痛かったらしく、大声でがあがあと喚き、握っている方のわたしの手に爪を立てる。「ごめんねごめんね。痛かったね。もうしないからね」謝るとまっすぐわたしの目を見据え、やっと絞り出した言葉はちゃんと明瞭に「馬鹿」と聞こえた。ああ、意思表示をしてくれた。ちちおくんには申し訳ないけど、わたしにはとても嬉しい言葉だった。

　家族皆忘れたままもう過ぎちゃったけど、11月3日はわたしたちの結婚記念日だったのだ。

2016年11月8日

　世界中の者よ挙りて聞け。ちちおくんが還ってきた。還ってきたウルトラちちだ。担当医は白血球の数は増えてはいるがまだ誤差の範囲、生着したとは言い難い数値と仰ったが、昨日までの植物状態が辛過ぎて、今日のちちおくんは産毛の天使だ。まだ喉のぜろぜろが治ってないので聞き取りづらいが、開口一番「迷わんで来れたか？」と。何回通ったと思っとんじゃ。なんとちちの方から手を伸ばしてわたしの頬に触れる。「ちち、わしが誰だかわかるの？」「タリメーだ。下らん」ギャグで言ってると思ってるのね。そしてわたしの頭をぽんぽんと叩いた。目がにこにこと笑ってる。そののち何度も深い眠りに落ちたのだが、起きるたびに話しかけるとちゃんと答えてくれる。鸚鵡返しではなく自分の意志を持って話している。嬉しい。嬉しいけど怖い。明日また植物に戻ったらどうしよう。今夜は帰りたくないなあ。

　「ちち、そろそろ帰るね」と声をかけると、両手を広げて「おいで」と言う。「えっなになに、抱っこしてくれるの？」と胸もとにそっと頭を寄せると「ぎゅ」と言って頭を抱えてくれる。待たれ。結婚以来一度もこんなことしてくれたことなんかなかったのに、ドナーの方がチャラ男くんだったの？戸惑いつつも嬉しくて、しかしポケットに心電図・心拍数のモニターが入っててもろに顔に当たって痛いのよ。抱っこでなくキャメルクラッチだよ。ギブギブギブ。

個室に入ってちちおくんとプリンを食べた夜、泣かない約束をしたけど、今夜は泣いてもいいよね。

2016年11月11日

　一昨日よりも昨日よりもちちおくん、目に力が宿ってる。表情が生き生きしてる。もうこれからは毎日がつがつと回復していくのだと確信した。普段のがみがみ波平はどこへやら、出会ってから42年にして初めての蜜月の甘さを味わっている。
「今歌っとっただら。俺夢見とったわ」
「どんな？」
「俺が運転しとってさ、道に迷って、全然行きたいとこに行けんのに、オメエが隣でずーっと呑気に歌歌っとるんだわ。俺、こいつと結婚してよかったなって思ってさ」
「は？　リアクションおかしいじゃん。イライラしてる場面でしょうよ」
「それがさ、一緒にパニクられると俺弱っちゃうじゃん、俺さいつもオメエが何事にも動じないとこ、助かっとるんだわ」
「じゃあさ、一番よかったなって思うとこは何？」
「そりゃオメエ、あんなかわいい子たちを3人も産んでくれたとこじゃん」（わたし個人を褒めてはくれないのだな）

　午後担当医からのお話。ドナーの骨髄はどんどん新しい血球を作り出しているものの、それを片っ端から食べてしまう

悪い細胞がいて、結果から言えば今回の移植は失敗、今の腎臓・肝臓のダメージでは次回の移植のチャンスは見込みなしといった状態だと淡々と告げられる。悪い細胞をやっつける抗生剤を投与するが、腎臓や肝臓が犠牲になりうる強さであること、今よりも意識が混濁することなどを説明された。一時的か永続するのか痴呆も見られ、今朝はここがどこで、何故ここにいるのかを忘れていたのだそう。個室のまま面会の時間・人数は４人部屋ルールに戻すので、今のうちにできるだけ沢山の人に会えるようにしてあげて下さい、と。

　青天の霹靂、冷や水を浴びせられる、頭に釘が、全部違う。ただ全てがぼおっとして息ができない。部屋に戻るとちちおくんは下階で検査のためベッドごと移動するところ。手を振って見送る。すると看護師がにこにこと移動中の会話を教えてくれる。「今の子、カワイイだら」「奥さまですよね」「いや。結婚はまだまだ。俺がもっと稼ぐようになって一端になってからだな」

　ちちおくん一体何歳に戻って、何歳のわたしを見てたの？恒例の「ぎゅ」をしてもらいまた明日ねと手を振って病室を出た。車ではおもちゃをねだる子どものようにあらん限りの声を上げてわんわん泣いた。ああ神はなんて残酷な贈り物をするのだろう。

2016年11月20日

　眠っている時間の長いちちおくんと一言でも多く会話をす

べく、わたしは彼の手に自分の手を重ねつつじっと起きるのを待つ。しかししかしどうも不思議なことに、しばしば別人格のちちおくんが現れる。ドナーがチャラ男説、意識下の本音説、災害時にレイプ増える説（1番曰く：ヒトは命の危険に瀕すると本能的に子孫を残そうとするんだって）いずれによるものかはわからないが、先日の「ぎゅ」をはじめちちおくんの選びそうにない言葉、使いそうにない言い回しに戸惑うばかりだ。

「中2の冬休み、東小のグラウンドでサッカーしたの憶えてる？　わたしすごく楽しかった」
「ああアレな。あんなんオメエにぶつかりたいだけだったのによ、オメエ全力で走り回りやがって、俺全然楽しなかったわ」

「退院したら俺もジム行こかな」
「もっと早く決めてくれればよかったのに」
「だって俺オメエがほかの男と楽しそうにしとるの見たくねえんだよ。バレンタインに花くれたとかさ、ふざけんなヒトの女に何してくれとんじゃ、ってね。俺飲みかけのお茶を花瓶に入れたったでよ」
　ただただ唖然。バレンタインのお返しに確かにお花を貰ったけど、あの時もちちおくん、よかったね、って笑ってたじゃん。昔から男友達は多いけど、オメエの女っぽくねえとこに安心するんだろなんて言ってたじゃん。
「ジム友なんてじじたくんばっかだよ」
「じじいだろうがゲイだろうが男じゃねえの」

全く君は何人目のビリー・ミリガンなの？

　だけど悲しいことに眠って再び起きた時にはもうさっきの会話など憶えていない。「一緒にジム行こうね」「は？　何で？　ぜってーやだ」といった調子だ。ああ焦る。あぶくのように一瞬で消えてしまうからこそ、この貴重な会話を今味わっておかねば。

2016年11月23日

　いかんいかんちちおくんと喧嘩した。ここ数日やつは煙草に憑りつかれており、しきりに吸いたいと漏らす。発端は突然「誰か煙草吸っとる。部屋が臭くて臭くてかなわん」と言い出したこと。勿論そんな筈はない。無菌室の強力な空気清浄機で、病院特有の薬臭さすらないのだ。彼の理論では、こんなに臭いのだから俺が一本くらい吸っても誰にも咎められない、ということらしい。禁煙してもう３年も経つのに、である。たぶん思うようにならない苛々を鎮める手段は煙草しかない、と思い込んでおるのだろう。あまりの偏執ぶりに院敷地内は禁煙であること、売店にも自販機コーナーにも売られていないこと、そして何よりも治療の妨げになることを懇々と説いたのに、こいつじゃ埒が明かんと思ったのだろう、娘に買ってくるように頼んでいた。

　今朝部屋に入ってギョッとした。何故スリッパが出ているの？　テーブルの財布は何？　もうヤダヤダいやな予感しか

しない。ちちおくんはだんまりを決め込んでいるので看護師に聞き出すと、夜中に脱走を企てたらしい。一人で座位もできないのに、ベッドから降りて、立って、ズボンを穿いて、歩いたと聞いて驚きだ。なんという執念だ。腹を立てているのか、話しかけても返事もしない。一日中無視されてわたしも怒れたので「明日は欠席するわね」と告げた。それには答えず、帰り際に「明日の朝フランスパンにピザソース塗ってサラミや玉葱・ピーマン載せてチーズで焼いたやつ作って」だって。おいおい素直に明日も来てって言えよ。

　ところで３週間点滴のみで口から何も養分を摂取していなかったのに、彼は突然ドーナッツやパピコを欲しがり、食べ出した。担当医が驚いて再び刺激のない病院食に戻したのだが、これにはまるで手をつけず気ままに食べたいものだけを食べている。『治療ではなく延命』と告げられて十余日経つが、眠っていても譫言はぴたりと止んだし、意識の混濁もなく、理路整然と話すようになった。もう決して糠喜びはしたくないのだけど、この目の前の頑固じじいが何よりも大切な子どもを置いて先立つとは、どうしてもどうしても信じられないのである。

2016年11月30日

　不良ばばあの夜遊びレポートだ。月に一度の開催、DJ若さまのイベント TANTA night に行ってみたいとかねがね思っていたのだが、夜遊びのチャンスは今しかないと突然思

い立ち、ちちおのノートPCで地図をチェックし、病院の帰りにお手伝いさんのような恰好のままふらりと行ってきた。ああやはり音楽はいいね。毎日の思い煩いから一瞬でも自分を切り離すことができる。DJ姿の若さまは生き生きとしてカッコよかった。お店も常連の皆様も雰囲気のある素敵な空間で、人見知りのわたしでも落ち着けた。わたしの姿を見つけるや、若さまは懐かしの70年代ポップスで元気づけてくれた。嬉しかったけど、ボサノヴァ風『テレグラム・サム』のような変わり種をもっと聴きたかったな。終電が早いので長居できなかったけど、とてもとても楽しかった。

2016年12月3日

どこなのかわからないが、夢の中にしか存在しない店。週末しか営業していないだだっ広いガレージの床にじかに新鮮な刺身が並ぶ（2回目）。キムラさんに会う（2回目）。この時点で自分ではばっちり夢だと気づいている。烏賊素麺を量り売りしてもらう。滑舌の悪い店長がカン百円かコン百円か告げるも聞き取れず。財布がないのでちちおくんに借りに走る。「わっ、ちち、その黄色いネルシャツ、まだ持ってたんだね」「オメエ、ポリースばっか聴いてんじゃねえよ。2枚組じゃんかよ」髪が生え揃ってる。体重も54kgに戻ってる。「スティング、来日するんだよ」「ばかやろ。俺が刺身我慢してる間、オメエはコンサート我慢しろや」

目が覚めたらざぶざぶに泣いていた。泣かない約束したけ

ど、無意識だからノーカンね。

2016年12月5日

　ちちおくん眠っている時間はますます増え、いよいよ体重は36kgまで減り、背中からもあばらの一本一本がわかる。左目にぶよぶよした塊の血膜ができ、目を開けるも閉じるも痛い。瞼は内出血してる。薬の加減か吐き気があり食欲は全くなし、首・肩・背中・腰、全体に痛いので立っても座っても寝ていてさえ痛くてかなわんのだと。その辛さは汲むとしても、テルコは彼の暴言に参っていた。苛々を全部ぶつけてくる、雨だろうが風だろうが「あれ買ってきて」とピ○ゴまで何度もパシらせる、ちょっとでも気に食わないことをわたしがしたり言ったりするとまるで子ども扱いで馬鹿にしたような言い方をする、脅される、看護師にも当たる、わたしの母と弟が見舞いに来てくれても押し黙ったままTV見てる……普段の我慢強くて誰にも親切なちちはどこへ行ってしまったのか、いやないやな我儘じじいになり下がった彼にテルコは傷ついていた。そんでプチストライキを強行。土曜日は47日ぶりにプールに行って、存分に泳ぎまくった。傷は癒えた。またフラットな気持ちで彼の我儘は全部聞いてあげようと思う。

　ところで担当医の説明ではどんどん脳に障害が出てきて、まともに会話ができなくなる、痴呆が出ると言われたのだが、なんの、彼は理路整然と文句を垂れ（文句なのね）、ね

ちねち屁理屈を言う。尿道カテーテルも取れて自分で用を足しに行く。『オートメカニック』を与えておけば１時間ほど座ったまま大人しく読んでる。糠喜びはしたくないけど、ねえ、彼、回復してきてるよね!?

2016年12月7日

毎年紅葉の時期はどこに行こうかとちちおくんが画策してくれるものの、今年は病室の窓から街路樹が色づくのを眺めるしかなかった。昨日のこと247号線で南区星崎辺りを走っている時、風が強く、街路の銀杏がわしゃわしゃと降りつつ、路面にも落ち葉がぐるぐると舞っている。その中を蹴散らして走るの、面白かった。病院に着いて、鳥居通の銀杏はどうかな？　とカーテンを引いてみてびっくり、どの木も一夜にして丸坊主になっておった。

我儘じじいに「あったかいコヒ乳（コーヒー牛乳）」と言われ「ペットボトルのカフェオレでいいの？　それともパックのコヒ乳を買って、加熱する？」と聞き返すともうそれが気に食わず、ティッシュの箱を投げる。やれやれだぜ。午ごろ２番来て、わたしをランチに誘ってくれる。事前に近所の店を調べてくれてて、食べて喋って、楽しかった。意外やちち、２番に向かって「アリガトな。カアちゃんを外に連れ出してくれてアリガト。ホントありがとな」なんて言っている。そんなふうに思ってくれてるなら我儘を控えてくれればいいのにね。

２番親友のアップした動画をスマホでちちに見せる。「父ちゃん、もーちゃんちのむーちゃんだよ。もう２歳になったよ」ちち、にこにこと笑って「うわっもーちゃんそっくりだぎゃ」「可愛いな」を連発、挙句「もっかい見して」と嬉しそう。えっ２週間ぶりの笑顔だ。これにはわたしも娘も驚きで、すぐさまもーちゃんにお礼のメールを入れるともーちゃんもその場で新たな動画を送ってくれる。見るとむーちゃんが「父ちゃ～ん。がんばってね～。はっくよくなってね～」と首を振り振り照れくさそうに叫ぶ。思えば２番の友達は皆わたしども夫婦を父ちゃん、母ちゃんと呼んでくれてたっけ。「ばいばい」と手を振るなり駆けだして奥の部屋に逃げ込む姿を笑いながら何回も見た。子どものパワーってスゴイね。感謝感激雨霰。わたしも２番もちちの笑顔を涙ぐむほど喜んだ。これで２番が「私も早く結婚して父に孫の顔を見せてあげなきゃ」と思ってくれたらいいんだけどな。

2016年12月19日

　天気が良いとちちおくんの部屋の窓から御嶽山や南アルプス連峰を臨むことができる。ただ晴れているだけでは駄目で、風の強さとか、湿度などの条件が揃わねばきれいに見えないのだ。そしてこの「いつも見えるわけではない」というところが味噌で、初冠雪に感激して以来、見えるたびに雪がどんどん深まり、山が白く染まっていくのも楽しみだ。しかし昨年暮れにPCをうっかり初期化して以来未だにメールの開設ができなくて、写真もちちおくんのスマートフォンで何

枚か撮ったものの何一つアップできずにいる。

　ちちおくん、目の血膜は血漿板の不足によるものだそうで、何度か繰り返しては自然に吸収されていく。いま現在クリーンだが、大昔からニコチンにより（？）白目が濁っている彼のこと、きれいな目だわねとは言い難い。昨日は新たに肺に黴が発生し発熱。「一難去ってまた一難」を日々繰り返している状態だ。この黴退治用抗生剤を投与すると覿面に吐き気がするので「あれ食べたい、これ食べたい」期と「何も食べたくない、見るのも考えるのもイヤ」期が交互に訪れ振り回される。我儘が過ぎるとわたしも「そんなら自分でしたらええわ」と冷たくあしらうことにした。夫婦なんだからたまには喧嘩もできなきゃね。

2016年12月24日

　朝から「冴えんなー」と繰り返すちちおくん「体が？　心が？」「うん。はらたいらに全部」こんな日は眠ってばかりで起きていてもむっつりと黙り込む。近所のXマス電飾に話が及ぶ。「ステッキの弧が10本全部下を向いてるんだよ」「そら『J』だ。ジャニーズのファンだて」「反対向きのやつは？」「じゃにーずの『し』」ちちおくん、冴えとるやんけ。「なんで今日はこんなに遅いの？」「極力車線変更しない主義だもんで、20km/h走行宣言のエアーアイクの後ろに従いちゃって逃げられんかったんだよ」「ばーか。愛知陸運だよ。アイリクって書いてあんの」ちちおくん、冴えとるやんけ。

文句あるなら 化けて出ろ

　調子が良ければ昼間中一度も寝ずに起きていたりするし、アニメのDVD見ながら「藤間が上司なら部下は出世するぜ」などとご機嫌な御託も並べる。退院したら車替えるぜ、築地に行くぜ、料理教えてや、と語る彼にホントに退院できるんじゃないかと切ない夢を見る。娘たちは驚くほどドライな一面もあって、寄ると触ると泣いてばかりいる癖に「海外旅行を予定してるから先生に余命を聞け」などと命じてくる。今日は調子が良いといいな、と思いながら今日も今日とて病院に向かう。

2016年12月27日

　もう家を出なきゃいけない時間なのに、本音を言えば病院に行きたくない。ちちおくん調子のよい日もあれば悪い日もある。この3日間ちちおくんは丸一日眠ってばかりいる。回復のためとあらばいくらでも寄り添っていられるのだが、どうも夜眠れなくて服む睡眠薬が朝になって効き始めるらしいのだ。そんなら薬なんかに頼らずに昼間起きてる努力をして欲しい。「何か食べる？」もNGワードで、機嫌を悪くするどころか怒りまくることもある。「食べろ食べろと言われるのがプレッシャーになるから放っといてくれ」と大威張りだ。朝わたしの到着までにお腹が空くかも、と手の届くところにクラッカーやみかん、チーズなどを置いて帰ると、叩き落としたのだろう、床に散らばっている。折角リハビリで廊下に出られることになったのにぐずぐず文句を言って部屋から出ないものだから、食堂の大きなツリーはとうとう見る前

に片付けられてしまった。わたしだって苦手な運転をして毎日通ってるんだよ。23号線では大型車に囲まれて四面楚歌ならぬ四面楚車な状況でもなんとか頑張ってるんだから、ちちも少しは無理しろや。もっとはよ来てと言うくせに、どんなに早く行こうが眠っとるやんけ。溜息だ。

　金、土曜日にJRを使ってしまった。金曜日21時過ぎの列車は浮かれ切支丹で溢れており、サンタやトナカイの着ぐるみや帽子の人がいっぱいいる、みな手に手にケーキやプレゼントの箱を持ってる、大声でＸマスソングを歌い続ける輩もいる……。土曜日はパーテー帰りの人を避けて早い列車に乗るもやはり浮かれ切支丹だらけだ。心で機関銃を乱射し続ける。普段はなるべく他人の笑顔を見ていたくて、楽しそうな人に近づいて幸せのおこぼれに預るのだが、わたしはこれから一生Ｘマスの度にこの宇宙人のような、干乾びた蛸のようなちちおくんの姿を思い出すんだろうな、と思ったらたまらなくなった。人前ではこらえていたものの、駅からの帰り道涙が溢れてきて止まらなくなった。

2016年12月28日

「明日来るときマルＫでチーズケーキとエクレア買ってきて」。何であれ「食べたい」と言われれば嬉しくて、普段運転途中で寄り道するのが高い所の次に嫌いなわたしが、今朝は５店も梯子してエクレアを探した。チーズケーキはどの店にもあるのにエクレアはない。仕方ない。病院の近くのケー

キ屋にてエクレアを買うとちちおくん「ああオメエなんもわかっちゃいねえ。俺はあのホイップクリームのマークのやつが食いてえのによお」はぁ!?　なんもわかってないのはちちの方だよ。マルKとファミマが合併してからシェリエ・ドルチェはなくなっちゃったんだよ。父が単身赴任してる間にキャドバリー・ナビスコも撤退したし、シミズヤ尾頭橋店も閉店したんだよ。ピート・バーンズもジョージ・マイケルも死んじゃったんだよ。

　チーズケーキも一口食べて「やっぱ食えん」と突き返す。今日一日で口から摂取したのはこのチーズケーキ一口のみ。また顔と足が浮腫んできちゃって、もう日々一進一退だ。毎朝新幹線の高架下を２カ所通るが「両方とも新幹線が見えたから今日はラッキー」と勝手に作ったジンクスにも縋りつく。ちちおくんが眠るたびにこのまま目を覚まさないんじゃないかと不安に襲われる。本当は毎日すごく怖いの。

2016年12月29日

　結婚して初めて迎えたお正月、お祖母ちゃんも弟もいる６人家族で炬燵を囲んでTVを見ていた。血液型・星座を組み合わせた48種でがめつい人・真面目な人・スケベな人などいろんな分野でランキング、という企画があった。どの分野もパッとしないわたしは唯一「個性的な人」でかなり上位に食い込んだ。ちちおくん牡羊座・O型は「サバイバルな人」で１位を獲得した。飛行機事故などで一人だけ生き残っ

ちゃったよというタイプで、咄嗟の時にも本能的に生き残るための判断が働くのだって。わたしは下から数えた方が早く、ちちおくんはこれに気をよくして「オメエは俺と一緒にいさえすればええからな」と言ってくれた。

　今週は病棟全体ががさがさと落ち着かない。個室以外は一時退院する人が多いのだ。食堂にて面会人同士の会話。「息子夫婦も娘夫婦も来るし、孫たちも来て忙しいのに、お父さんに一番手がかかるでね、入院してくれとった方が楽なんだけど」「うちもだよ。退院したところで何も食べられへんで、却って可哀相だで」「年末年始、看護師も最小限で乗り切らなあかんで一人でも患者が少ない方がいいだて」

　ちちおくん今日も眠りっ放しだ。足と顔が浮腫んでる。何も食べられず時折眉を寄せて苦しそうに咳をする。トイレに立つのもふらふらだ。午後担当医がわざわざちちの寝ているのを確認してからIC室（たぶん informed consent）にわたしを呼び出す。ああもう手が震える。今点滴を全て断って退院したら生きていけない。いかん既に泣きそうだ。どうかどうかお慈悲を。ところが先生は満面の笑みでわたしに告げた。「スズキさん、血球量が増えています。肝臓も腎臓も辛うじて踏み止まっていて、危篤状態から脱出しましたよ。まだ油断はできないけど、今日明日死ぬ、ということはありませんからご安心ください」ホントホント!?　本当なのね!?　ああ嬉し過ぎて気絶しそうだ。先生の前なのに、声を上げて泣いてしまった。これ以上ないXマスプレゼントだ。いやお年玉か？

冷凍庫のパピコで目を冷やし、すまして部屋に戻ってちちおくんに「血球が増えてるんだって」と教えたげる。彼はとっくの昔に生着してると思い込んでるものだから、なんの感慨もなく受け入れる。ふふふ。牡羊座・O型だもんね。命への執着が誰よりも強いのね。ちちおくん、頑張ってくれて、ありがとう。そんでお帰りなさい。元旦は卵焼きと蒲鉾とステーキ持ってきて、とリクエストされる。調理してすぐ食べるルールだ、わたしもなんとか頑張るよ。一刻も早く家族に伝えねば、と急いで帰った。TANTA Nightに行くつもりだったのもころりと忘れていた。

2017年1月9日

　せっせと病院通いをしてる間にいつの間にか年が明けてた。皆の衆、今年もよろしくお願いいたす。結局大掃除もおせちづくりもパスして、ただちちおくんと二人きりでTVを眺めるといった贅沢な正月を過ごした。ちちおくん、ヒトの限界まで痩せこけた。つい昨日までとらわれた宇宙人のようにぎょろぎょろ目立っていた目が落ち窪んで、眠ってる時も瞼が閉じ切らず薄目を開けている。こめかみは水が溜まるほど凹んでる。まさに復元中の骸骨のようだ。子らの近況を聞かせても力なく頷くばかりだ。

　そのビジュアルにはギョッとさせられるものの、検査結果では日に日によくなっているそうで、精神的には安泰だ。何よりも「死にゃあすめえ」という安心感だけでもうわたしの

姿勢は全然違う。今まではちちおくんが眠ってしまうとおろおろと手を握ったり足をさすったりして「死んじゃいかん死んじゃいかん」と念じていたが、今ではこれ幸いとちちおくんのノートPCで見てるTVをさっさとYouTubeに替えてクランベリーズ大会やバーズ大会に興じている。本を読んだり編み物したりとやりたい放題だ。延命宣言以降わたしは帰宅後fbを開いて友の楽しそうなTLを読むことだけが楽しみだったが、昨今はfbを開くのさえ忘れている。つくづくキャッシュな人だったのねわたしって。てへ。

　11日には個室を出て4人部屋に戻る。個室にかかる一流ホテル並みの料金に保険が利くのは移植後90日のみで、まだ立ったり歩いたりも困難なので不安も残るが、過去にも呼吸器やセンサーを付けたまま大部屋に帰った人が何人もいましたよという説明を渋々受け入れざるを得ない。しかし大部屋に移れば面会時間はまた15:00からと制限されるので、いえ〜い、プールに行けるぞ〜、わしの時代じゃ〜、とわくわくしちゃってるのも事実だ。たぶん退院できたらまたジム通いは難しくなるであろう。今のうちにいっぱい泳いでおこうという下心が働く。娘たちが「結婚したらもう好きな買い物はできなくなるから今のうちにセリーヌのバッグを買っておこう」と話していた気持ちが、うんうん今ならよおくわかるよ。

　ともあれめでたい正月だ。明けましておめでとうございます。

2017年 1月12日

　何から話してよいやら、実はテルコは痩せていた。そして、実はテルコは太っていた。わたしはちちおくんの入院以来少しずつ体重が減ってきて、10kg以上も痩せてしまっていた。彼が個室に入ってからの２カ月余りは横這いだったので、正確には５カ月で10kg減ということになる。せぶへる若さまの写真展の頃が一番痩せてたことになるので、ピュアげんとへるまんは目撃証人だ。いつも通販CMでダイエット食品や薬・痩身器具の『２カ月で10kgも』『今まで何を試しても痩せなかったこの私が』云々の謳い文句を鼻白む思いで眺め「あほか」「あり得ん」「あんさん死ぬで」などと独り毒づいていたのだが、そんなわたしが何もせずにただ痩せるといった不気味な日々を過ごしていた。３年もジムに通って、褒めてやりたいくらい汗を流してもびくともしなかったわたしの体重が、減った、の、で、ある。

　心労でなにも喉を通らなかった、という甲斐甲斐しい理由ではない。むしろ「わしが倒れたらあかん」という強迫観念から普段よりかなりの量を貪っていた。そしてジム通いが激減して全く動かなくなったものだから、体組成を測るたびに、体脂肪率や内臓脂肪の増加・筋肉量の減少が数字となって表れた。思い当たる体重減少の理由は夜眠れなかったことと、毎日苦手な運転をしたことだ。毎晩風呂で必ず眠ってしまうくせに、いざ布団に入ると目が冴えてしまうのだ。わたしクラスのでぶは10kgくらい痩せても誰も気づいちゃくれ

まいと高を括っていたが、さすがに年末は会う人ごとに「ねえ、痩せた？」なんて声を掛けられるほどになってしまった。長女に「しわっしわのたるったる」と指摘されたこともあり、認めたら自らの精神の脆弱さを露呈するようでいやだった。しかも野ウサギちゃんには「胸は減ったけど、お腹やお尻は残ってる」と指摘された。図星である。しかしこの外見は相当人に心配をかけたのだろう、親しい友がよくご飯に誘ってくれたり、ご馳走してくれたりした。中でもピュアげんは彼自身の危険も顧みずかなりがっつりしたものを毎回食わせてくれた。実際財布もピンチなので有難かった。

ところが昨年12月29日に担当医から「危篤状態から脱した」と告げられ、その日から毎日自分でも驚くほどよおく眠れるようになった。そして目覚めるたびに体重が増えてるといった不気味な日々を過ごしている。電波時計が勝手に針をぐるぐる回すが如く、わたしの体重は勝手に増え続けている。つくづくキャッシュな人だったのねわたしって。てヘ（誰も突っ込んでくれないから、2回目）。

2017年 1月14日

　誰がキョーミあんねんフィットネス馬鹿のダンスダンスダンス日記だ。うわぁもう昨夜から大興奮。今日は約3カ月ぶりのタカコズンバだった。まずはプールにて1時間泳ぐ。わたしの熱気で心なしか水温も上がったようだ。泳ぎを忘れることはまずないのだが、何かと変な感じ。普段クロールは無

意識に左手から搔くのだが、右手から搔いてしまって1本ずーっと違和感を抱えていた。早くも10分ほどで疲れを感じるが、じきにスイマーズ・ハイのようなものが訪れて、このまま何時間でも泳げそうな錯覚に陥る。

　シャワーを浴びてスタジオに行くと友の笑顔が嬉しい。休んでる間に変な噂が立ってたと聞いても嬉しい。贅肉を摑まれても嬉しい。女子高生みたいだ。そして久々に拝見するタカコ先生はむっちゃかわいくてむっちゃいい匂いがした。嬉しい。fbでお姿は存じていたが、実物を目の当たりにして、わぁこんなに髪伸びてたんだ、と改めて月日の経過を思い知る。レッスンが始まると、タカコ先生は野生動物のようにしなやかに、パワフルに躍動する。その動きは生きる喜びに溢れているようで、おおいに盛り上がった。嬉しくて、楽しくて、少し泣いた。病院からの帰り道、泣いてしまわぬよう、毎日のようにラテン音楽を車で掛けて、一人ズンバパーティーをしたことを遠い昔の事のように思い出す。うんと楽しい気持ちで歌ったり叫んだり、タカコ先生の声真似をしたりして乗り切ったのだ。その時の気持ちをありありと思い出しちゃった。タカコ先生が涙でにじんでいた。鏡越しのメンバーたちも、みんなにじんでいた。汗を拭くふりをして何度も何度も幸せをかみしめた。

2017年1月15日

　雪だ雪だ雪だ。列車は遅れるわ道は凍るわ寒いわで、いい

事何にもないけど、降るからには一度は積もって欲しいものよの。名古屋でこんなに降ってても、半田市は積もんないんだよな毎年……と考えつつ亀崎駅に降りたら、わお。積もってる積もってる。足跡のないところないところをぎゅっぎゅっと踏みしめて歩く。近所の接骨院まで来たら、ラッキー。かなりの広さの駐車場に一つも足跡がない。こりゃ気持ちいいわ。意味もなくいっぱいに渦巻きを足跡で描く。歪みのない美しい螺旋になるよう細心の注意を払う。ディオの矢に射抜かれたネズミのようにそろそろと後ろ歩きで足跡をたどりながら出来栄えに満足して帰路に就く。わっ靴に染みて靴下まで湿ってる。足が凍っちゃった。はっ、帰り際、ちちに「寄り道すんなよ。オメ霜焼け出来てねえか明日足の裏チェックするでよ」と言われたのだった。その時は、ほほほ過保護なパパね、って笑ったのだが、あああこういう意味だったのね、流石ちち、よおく分かっていらっしゃる。

　今朝は起床後すぐ外を見る。うおスゴイ雪。雪だるま用にビニール手袋、ゴム手袋、軍手、革軍手……準備はしてあるが、列車は遅れるだろう、早めに駅に行かねば。

2017年1月17日

　久々の金曜ズンバに参加した時のこと、いろんな方から「旦那さん、大丈夫？」と声を掛けられて困惑した。ちちおくんの入院の事は仲良し４、５人にしか話しておらず、いずれも口の堅い、信頼できる人たちだからだ。レッスン前にわ

たしに関する噂を聞く。厄介な薬に手を出しちゃって、痩せたけど、リハビリ施設入りしちゃったのでジムには来られなくなったということだ。ややや。芸能界のようなお話。皆様の想像力に脱帽した。

　レッスン後、お風呂でオシドリさんに会う。「スズキさんの悪口言っとる人がおったでね、わたしがちゃんと違うよって言っといたげたでね」ああそういえば以前オシドリさん、知人のお孫さんが白血病で、まだ10代なのにどこをどう開いて手術するのか気に病んでいたので、点滴で輸血か或いは注射器で点滴チューブに注入するだけよ、と教えて差し上げたことがあったっけ。その時うちの主人も入院して……という話をしたかも。ああこれで合点がいった。正義感の強く、曲がったことが大嫌いなオシドリさんは、わたしが誤解されぬよう心を砕いて下さった、その途中でパンデミックさんを経由したとしたらそりゃあジム中はおろか、市中が知るところとなるだろうて。取り敢えず、疑いは晴れてよかった。帰り際、パンデさん「てるりん、無事に復活したねえ」と言う。「いや身体が鈍ってるんで、明日筋肉痛になるかも」と答えたら「ちゃうちゃう、脂肪の話」だって。がっくし。

2017年1月22日

　先週TVの『ニュースOne』で市会議員ひびけんさんの訃報を知った。彼は個室の頃部屋が隣だったこともあり、顔を合わせば挨拶するくらいの仲だった。移植後荒れて黒ずん

だ肌も見違えるほどつやつやになり、元気で廊下を歩くお姿も見ていたので、わたしもちちおくんもてっきり回復して退院されたことと思い込んでいた。元来社交的なちちおくんが病院では殊更に友達を作ろうとしなかったのは、こういうことだったのかと今さらながらに思い知る。つまり、知った人の容態が急変したりして、自分もいつかはあんなふうに苦しむかも、と思うのが怖かったんだね。よほどショックだったのか、チャンネルを替えた後もちちおくんは何も食べられず、一言も口をきかなかった。オラヒ君、当然知ってて、わたしに気づかれぬよう話題にするのを避けてくれてたんだよね。アリガトね。

今日は病室に入るなり「俺ってどれくらい意識なかったの？　オメエも死ぬかもしれんって覚悟しとった？」と聞いてきた。看護師の誰かに聞いたのね。「オメエすげえな。そんな時も毎日退院したらどこ行くみてえな話ばっかしとったがや。俺にはできんな」ああいかん。また落ち込むかも。いかんいかんわたしも気の利いた返しが何一つできん。午前中何も喋らず、パソコンも点けず、じいっと天井を見つめるちち、ああショックだったんだな、と思いきや夕方には何とか立ち直った様子。「しかし、死にかけてたのに生き返ったんだな。さすが俺」ということらしい。ともあれよかった。ところが帰り際「さあて溜まった家計簿、つけんとな。オメエ、レシート取っといてあるだろうな。通帳も記帳して、クレジットカードの明細もプリントアウトして持っといで」だって。ぎくぎく。やだ、けち山けちおの復活だ。またお説教されちゃう。

余談だが、先日ピュアげんのお誕生日会のつもりで「脂肪完全復活祭」と銘打って調子に乗って焼き鳥をしこたま食べた。復活どころかOMG、わたしの体重は減る前よりも増えてしまっていた。

2017年 1月26日

　かなり前から気になっていたのだが、人目も憚らずいちゃいちゃしてるのはたいていブー子同士のカップルだ。月曜の12:00頃、わたしは職安にいた。元勤務先のトラ○アルが雇用保険の書類を送付してくれた。わたしもけちおくんも全く念頭になかったのだが、その書類を見て初めて失業手当の申請に行かねば、と出向いたのだ。たかが書類を提出するだけなのに2時間待ちは当たり前らしい不思議な世界。そこにやつらはいたのだ。地味で冴えない40ブー男が40ブー子を膝に乗せ、ノートを開いてともに眺めてる。幼子に絵本を読むようなスタイルだ。ノートの表紙には暗号かはたまた単なる書き間違えか『㊙PASINKO NOTO』と書いてある。好奇心に駆られてちらりと見やると、日付と金額がびっしり書き込んであった。お互いの髪や頬を撫でながら、ずーっとずーっとブー男が「お前は俺のすべてなんだ」「お前さえいれば何も要らねえ」と呪文のように繰り返す。年配の女性が「奥さん、愛されて幸せね」と声をかける。「俺たち、結婚はまだなんスよ。ここで何度か顔を合わせてるうちに、まあなんつうか恋に落ちたっていうか」げっ吐きそうだ。安い恋だな、おい。いろんな人がいるから誰の事も批判したくはな

い。しかしこれが自分の子だったらやだやだやだ。君たちも親の気持ちを考えろ。

　14:30頃やっとわたしの番号が呼ばれる。失業手当の概要は『指定した日時に必ず職安に来て、すぐにでも働ける状態の人にのみ与えられる。わたしのように病院の付き添いがいつまで続くのかわからない者には出せないよ』ということらしい。隣のブースから「ネットで求人サイトを見たくらいでは求職活動にはならないのよ」とブー子カップルが叱られている。世帯主が病気、配偶者も働けず収入のない家は無視され、パチンコ三昧の、ええい、言わせてもらおう、クズには（クズって言っちゃっていいよね、キャプテン渡辺）お金を与える、やだやだ変な世の中だ。後ろを通った時に見えた40ブー男の書類には32歳と書いてあり、驚きだ。外見は老けてるが、まだ若いんじゃん。働けよ。

　説明を聞くだけでもう16:00になってしまった。急いでちちおくんの許に駆けつけたが18:00近く。怒っているかと思いきや「結果はどうあれ、職安に出向いたなんて偉いじゃん」と褒めてくれた。

2017年1月29日

　ヒトの体の限界ってどの辺りだろう、なんて考えてしまうほどちちおくんは痩せている。昨日よりさらに体重が減って今日は32kgだ。毎日毎日「今日が底値だ」なんて言ってる

けど、むむむまだ痩せる気か？　ビジュアルはぞっとするけど、検査の結果は良好らしく、立ったり座ったり歩いたりの動作がだいぶスムーズになってきたように見える。今日は3カ月ぶりにシャワーを浴びた。給食も朝と昼だけ再開する。まだまだ量は食べられないけど、食欲（腹が減るのではなく、こんなものが食べてみたいといった欲）も出てきたようだ。

　けちおくんは老眼鏡をかけて、確定申告の準備をしてる。おっ調子よさそうだぞ。午後わたしはちょっと抜け出して、パルコギャラリーで『極上ライフ　おとなの秘密基地展』を見に行く。ややや、全くの浦島タロコ、高校時代は我が庭の如く往き来したサカエ地下がわからない。かつてはバイトしたこともある松坂屋にもたどり着けない。お茶の匂いを頼りにクリスタル広場を目指す。もうクリスタル広場とは呼ばないらしいが特に印象は変わらず。目指す秘密基地は戦艦・戦車・バイクにドラムセット、バードカービング・ボトルシップ・ステンドグラスなど、どのブースも細かい手作業でわくわくする。ドールハウスだけはやたら並んでて入場制限してるので見えなかったが概ね満足。急いで病院に戻るとちちおくん、なんだか気持ち悪いんだ食欲もない晩御飯は止めとくわ足が痛い背中も痛いとわたしの罪悪感に訴えてくる。やれやれとんだ甘えんぼちゃんだ。確定申告はわたしも明日手伝うからね。

2017年 2月1日

　昨日はわたしの誕生日だった。家族と顔を合わせていないので、ジムで顔を合わせた野ウサギちゃんが一番にお祝いを述べてくれたことになる。なんとCDもプレゼントしてくれた。すごく嬉しい。これはMossa Programのパワーやファイトの使用曲を一曲ずつ編集したもので、とても手間がかかってる。運転の苦痛が大幅に軽減されること請け合いである。レッスンサボってすぐ車で聴きたい。しかし一番お祝いを言って欲しいちちおくんは日にちの感覚もないのか、全く意に介していない様子。わたしの方から「明日からもう２月なんだね、早いね」と水を向けても「早いね」と返すばかり。ああわたしの誕生日なんかもうすっかり忘れちゃってるのだな。寂しい。

　夕方２番がお見舞いに来てくれる。来るなり「ケーキ買ってきたの。父ちゃんは食べられんから母ちゃん一番に選んで」と包みを広げる。あっいかん、ちちが自分を責めては可哀そう。ちちの手前、お誕生日感は払拭しておきたい。すると２番「ケーキは父ちゃんのおごりだよ。はい、これは父ちゃんからのプレゼント」とガラスケースに入ったプリザーブドフラワーをくれた。ちちおくんからお花を貰うなんて初めてだ。彼はにやにやして「案も手配も２番がしてくれたけど、花を選んだのは俺だでな」と得意だ。そういえばちちからのサプライズも初めてだ。ああ嬉しい。入院も悪いことばかりじゃないよね。２番がご飯に誘ってくれるも、昨夜の

カレーが残ってるので辞退する。

　家に帰ると１番がグラマシーのケーキ持ってきてくれた。３番は缶チューハイをくれ、肩も揉んでくれた。３人でとりとめもない話にいつまでも笑い転げた。寝る前に fb を開いたら TL やメッセージ欄に沢山のお祝いの言葉が。嬉しい嬉しい。皆さんどうも有り難う。うんと幸せな一日になったよ。ホントにどうもアリガトね。

　誰がキョーミあんねんフィットネス馬鹿のホットヨガ日記だ。水曜ホットヨガでは毎回最後に『チャレンジポーズ』を教えてくれる。ちょっと難易度が高いよってやつだ。しかし今日のわたしは中盤戦で既に音を上げていた。どうか皆さま、やってみて頂きたい。①まず四つん這いの姿勢から、両手の間に頭頂部を置く　②両手を腰の上で重ねる　③頭でバランスを取りつつ膝を伸ばす……しりを頂点に三角形を作るイメージだ。もう①の段階で頭が猛烈に痛い痛い。頭をごろごろと転がして痛くない点を探すも、もう両手を床から離すなんてとてもじゃないが痛くて無理。ずるをして両手をつけたまま膝を伸ばす。しかし、痛い。そっと周りを見回すと、皆顔色一つ変えずにポーズを決めてる。えっできないのわたしだけ？　なんか頭に悪いもんでも詰まってる？　60分終えても何か蟠りの残るレッスンとなったのだった。

2017年2月7日

　病院に着くとホネおくんが電話してた。車屋さんにじいちゃんの車検の手配を頼んでいる。どうやら家族のみならず、実家の車検スケジュールもすべて頭に入ってるらしい。電話を終えるとわたしに向き直り「オメエ次の車検で普通車に替えれや。軽だと何かと危ねえでな。そんでだな、候補としてはポルテがええと思っとるんだわ。普通車でも軽に一番近いサイズだでな」と言う。んんん!?　ちち今思いついたように言ってるけど、実はちちの状態の悪い時に一旦その話題は出てたんだよ。粘膜が破壊され、声帯も爛れて声が出ないときに、「オマエ　車　替エル　ポルテ　乗ル」とインディアンみたいに助詞を省いた単語で伝えてきたのだ。あっあの時のあれはそういう意味だったのか。「もう聞いたよ」と告げると「はあ俺オメエにそんなこと言っとらん」と不思議そうだ。ちち、自分のことで精一杯に見える時期にもちゃんとわたしのことまで気にかけててくれたんだね、と改めて胸が熱くなる。しっかり者でがみがみ屋のちちが戻ってきたのは嬉しくもあるが「オメエ11月8日、大蒜1kg買っとるがや。こんなに沢山使い切ったんだろうな」などとお小言が出るのは身の縮む思いもする。ぎく。安かったので弾みで買ったが、持て余してオリーブオイルと醬油漬けにしたやつだ。相変わらずチェック細かいぜ。とほほである。

文句あるなら 化けて出ろ

2017年2月8日

　誰がキョーミあんねんフィットネス馬鹿のアクア日記だ。ジムに入会した当初、泳げない人でも参加できるアクアビクスやアクアウォークのレッスンは、傍で見てるとなんだかお遊戯のようで気恥ずかしくて、わたしには無縁のものと思っていた。ある日泳いでいるとアクアエリアからジェイソン・デルーロが聞こえてくる。見るとやたらキラキラしたコーチが長い手足をぶんぶん振り回してる。そのカッコよさに翌週参加して以来病みつきになった元気いっぱいの吉田アクア、今でも毎週の楽しみの一つだ。アクアのレッスンは自分の匙加減できつくも緩くもできるので、気分や体調によって調節できるところが最大の長所に思う。金曜アクアウォークも歩幅を大きく、腿を高く、腕を大きく振るなどいくらでも負荷をかけられる。飽くまでも自分のペースで、と頭では思っていても今日は隣の人に釣られることもあると実感した。

　最近この吉田アクアに野ウサギちゃんがよく参加している。レッスン前にコアマックスの指導をしてくれたのだが、むむ、ついていけましぇん。彼女はかつてJACに入る夢を持っていたこともあり、ファイトのレッスンでは誰よりも燃えている。格闘技のポーズがとてもきれいだ。アクアで蹴る振りがあってもみんな足をぴょいと上げるだけなのだが、野ウサギちゃんだけはファイト宛ら実にしっかりした蹴りをしている。体幹もブレないし、的確に相手を蹴っているようだ。高校生のお嬢さんより筋力もあるらしいし。腕を前後に

振るのも一人だけ肩甲骨が動いている。わたしは途端に自分のお遊戯みたいな動きが恥ずかしくなり、彼女に負けじと張り切ってしまう。しかも彼女の最大の魅力はいつも爽やかであることと思う。口では「辛いね。これキツイ」などと言っていても実に楽しそうなのだ。だからわたしは少しでも彼女に近づけたらと、毎回ちょっと無理をしてしまうのだ。

2017年2月10日

　日に日に快方に向かっているそうで、ホネおくんの点滴ポンプはかつては五つも鈴なりになっていたのが一つまた一つと外され、今では常時一つだけとなった。点滴の代わりに経口薬を服んでいる。抗生剤も投与されなくなったので食欲も出ようと目論んでいたのだが、なかなか思うように食べられず、何か腸に問題でもあるのかと検査をした。ホネおくん、以前胃癌を患ったこともあり、胃カメラを呑むのはプロ級（本人談）だ。しかし大腸のポリープも取ったことがあるので、肛門から入れるカメラは二度としたくないと渋る。カメラそのものではなく、前準備が大変なのだそう。3回食事を抜いて、1Lの薬と500ccの水を交互に2回飲み、胃と腸を空にする作業がしんどいらしい。

　検査の後高熱に見舞われ、重ねた布団の中で丸まって肩で息をしてる。目が落ち窪んでいるので瞼が閉じ切らず、白目をむいている。傍についていたいけど、面会時間終了の放送とともに「オメはよ帰れ。気をつけろ」などと喘ぎながら言

う。後ろ髪を引かれながらも、快方に向かってるんだから、と自分に言い聞かせる。頑張れ。ここまで頑張ったんだからきっともうひと踏ん張りだよ。頑張れホネおくん。そして頑張れテルコ。

2017年2月13日

　不良ばばあの昼遊びレポートだ（普通か）。何もかも忘れて一心不乱に踊り狂いたいとかねがね思っていたのだが、折角毎日名古屋まで出ているので、名古屋イベント「筋肉祭」に参加するチャンスは今しかないと思い立ち、病院の途中にお手伝いさんのような恰好のままふらりと行ってきた。

　ZUMBA公式ウェアは基本原色か蛍光色で、それが100人集まるだけで目はちかちか、興奮マックス、わくわくが最高潮だ。ウェアはネットでも購入できるが、これを着てしまうと「デキる人」と見られやしまいかと、わたしには敷居が高い。そしてさらにイベントに来るような人々はみなスタイルがよく、ダンスもカッコいい。後ろから見ているだけでも刺激になる。大人数が一つになってむっちゃ楽しい。イントラは大好きなタカコ先生と、パワフルなひっきー先生とアンドレさんだ。皆を煽るのがとても上手く、もう盛り上がること盛り上がること、気絶しそうだ。ボディコンバットもラテン曲だったので、ノリノリでできた。ああ毎日こんなイベントがあればいいのに。

ただホネおくんに「この日は昼ちょっと抜けるよ」と告げたのは腸の検査の決まった日で、彼は「げえ、あの死ぬほど水と薬を飲むやつや〜」とユーウツになっており、「どこ行くだ」と問われてもダンスに行くなどと言えば許してもらえんだろうと思って、咄嗟に「ゴッホ・ゴーギャンだよ」と嘘をついてしまったこと、心底後悔してる。ジョジョ第５部で信頼の三つの要素は「嘘をつかない・恨まない・敬う、の三つの『う』だ」と書かれている（イタリア人なのに『う』ね）。ああわたしは立派なギャングスタになれない。ホネおくんごめんなさい。今日もばっちり命の洗濯ができましたとさ。

2017年2月15日

　日曜の晩、家に帰ると１番が来てた。「父ちゃんが退院したら絶対ベッドの方がいいでしょ。わたしのベッドどうせ誰も使ってないんだから、居間に下ろしとこうと思ってさ」うわあ、なんて気がつくのこの子は。確かに一時退院の時は布団に横になるのも辛くて、昼はほぼソファに掛けてたっけ。気持ちはとても嬉しいが、彼女はコートを着たまますまして暖かい部屋で寛いでおり、見ると３番が一人で額に汗して解体したベッドのパーツを運んでいるところだった。流石に組むときは少し手を貸したものの、組んでいるところを動画に撮るなど呑気に楽しんでいた。むむ、この姉弟の主従関係は未だに健在なり。そしてちちおくんの退院までわたしがベッドを使うんだ。うふふ嬉しいな。わくわく。生涯初めて

のベッド体験だ。わたしの五十肩はなかなか治らず、毎朝布団を上げるのがとても辛い。起きてすぐ上げよとちちおくんに命じられているが、ちちおくんの入院をいいことに、毎朝10時頃優雅に布団を上げていたのだ。その辛さからも解放されようぞ。

　しかし思惑通りにはいかないのだ。慣れないベッドでこの３日間眠れていない。なかなか寝付けず、空が白々と明けてくる頃うとうと浅い眠りにつく。こんなにずぼらで無頓着なわたしがなぜに睡眠だけ繊細なのかまるで疑問だが、事実眠れないのだ。苦しい。仕事に行く前など眠り過ぎを恐れて玄関や廊下で15分熟睡を習慣にしていたことを思い出し、粗方家事を終えてから床で15分眠っている。もう素直に布団生活に戻せばいいのに、布団を上げるのが面倒という理由だけでベッドに固執しているわたし。本と末を転倒する話。情けなか。

2017年2月18日

「わしまたちちの夢見ちゃったよ。いつだっけか、わしがリフトから降りられなくて、もう一周、というとこでちちが下に回り込んで『落ちろ』って。わたしの決死のダイブを体を張って受け止めてくれたよね。すっかり忘れてたのに、あの時の夢を見たの。ちちはわしの夢なんか見ることある？」
　するとちち、俄かにくっくっと笑い出す。
「熊の肉球。あれはおかしかったな。おめえがよ、寒い寒

いってパーカのフード被って寝ててよ、夜中ふと隣を見たらフードの紐をきゅうきゅうに締めて、顔が熊の肉球みたいにぷっくりはみ出しててよ。そいつが夢に出てきたぜ」
「熊の肉球なんて見たことあんのかーい」
　……皆様、夫婦のロマンチックにはこんなに差があるものなのだよ。

2017年2月22日

　ホネおくんの病院では退院・一時退院・病状の変化などにより、ひっきりなしに部屋の移動がある。しかし最近は新しく来る人来る人皆オトチヨリばっかり、いわばじじい部屋だ。以前は骨髄移植には年齢制限があったらしいが、白血病患者の増加でほんのここ数カ月で制限はなくなったらしい。わたしはこの部屋に落胆している。他の３人は皆尿道カテーテルや紙おむつ、ポータブルトイレだ。自分で歩いてトイレに行けるホネおくんは優等生で、ナースコールしても後回しにされる。オトチヨリは皆が皆、声が大きい。デリカシィがない。戻したり排泄の音・呻り声も辛いうえ、便の状態を何度も詳らかに報告する。臭いも我慢せねばならぬ。

　特に隣のベッドの方が凄まじいイビキだ。点滴台のチャイムも聞こえず眠りこけるのでチャイムは鳴りっ放し。起きたら起きたで独り言で弱音ばかり吐く。そしてこの方の妻がまたウルトラ凄まじい方で、毎日17：00頃やってくるなり「なにいこんなに零して何やっとるだんあんたあかんがねアイス

の実食べるやだがん汚れたもんをこんなとこにつくねといちゃあみかんとカフェオレどっちがいいのじゃあサイダー飲むアクエリアスは汚ええなああんたここ汚れとるがねシーツ替えてもらわなアイスの実どっちがええの」とだみ声でまくし立てる。ご主人が機嫌よく眠っていてもお構いなしだ。一言「ああ腹がいてえ」と言うだけで「何言っとるだんあんたざまあねえなあしっかりしとくれや病は気からって言うだらそんな弱気じゃ治るもんも治らんで情けねえこと言うじゃねえぞ分かったな」という調子だ。とにかく負けん気が強い。常にがみがみがみがみ言ってるので、まるでわたしが叱られているかのようにびくびくしちゃう。イビキじじいもこてんぱんにやられることもわかっていて、たまに「うるせえなお前、どっちがええか聞いたら考える時間ぐらいくれや。ちいと黙っとれ」と反逆を試みる。がみがみばばあ途端にしおらしい声で「あんたのこと思って言っとるんだがね。わたしがせにゃ誰があんたの世話してくれるの」と恩着せがましい。わたしとホネおくんは悪口が言いたくて言いたくてついつい筆談してしまう。

　先日エレベータでがみばあと乗り合わせてしまった。「あんた隣のスズキさんだがねえ」わたし思わずお愛想で「熱心にお世話されていますね」と言ってしまった。そののち部屋に入るなり、がみばあ声をひそめて（地声が大きいので丸聞こえだが）イビキじいに「今ねえスズキさんに褒められちゃった。いつもいつもすごく親切にお世話されてて、感心しますだって。ご主人はお幸せですね、って言っとったよ。ホントだわあんた幸せもんだに」へっ言ってない言ってな

い。ばあ都合よく盛り過ぎだよ。

> 2017年 2月23日

　もう顔も名前も思い出せぬが、大学の同級生に「僕がパリにいた頃は……」と口癖のように繰り返すやつがいた。彼によればネイティブの正しい発音は、ゴッホ・ゴーギャン・ユトリロではなくゴフ・ゴーギン・ユートリヨとのことだ。よく聞けばパリ滞在は１カ月半、その期間でよくぞそこまでというカブれっぷりだった。ホネおくんの手前先週行ったことになっている『ゴフ・ゴーギン展』にやっと行ってきた。130年も前の画をこんな至近距離でじかに見られるってスゴイ！　画集や教科書で見たあの絵が実際はこんなに小さかったり、厚みが半端じゃなかったり、色味がくすんでいたりと驚きの連発だ。嵩増しなのか同時代の作家や交流のあった作家の作品も展示してある。ゴッホもゴーギャンも年代別の展示で見応えがあったが、ロートレックとモンティセリが見られたのはとても嬉しかった。別室のおまけ展示でムンクのリトグラフや木版が見えたのも得した気分。館内の洒落たレストランで昼食後さらに瀬戸窯業高校の展示や名芸大の卒業制作も覗いてきた。往きはエレベータで上ってしまったが、帰りは建物の中央吹き抜けのエスカレータで下った。この狭く長いエスカレータが自分自身の心の深淵に下っていくような雰囲気があって心地よかった。

　今まで一人で美術館に行くことが多かったが、友と二人、

好き勝手なことを言い合って眺め、とても楽しかった。順路に逆らってしまうわたしに懲りずに、野ウサギちゃん、また是非付き合ってね。

2017年2月24日

　誰も聞きたくはなかろうが、またもがみがみばばあの話。今日は日も暮れてからホネおくんが突然「草餅とか蓬餅みてえなもんが食いてえ」と言う。もう何日も食べられない日が続いたので嬉しくて嬉しくて、わたしピ○ゴまで走って買ってくる。風が強く体はほかほかだけど顔と手が冷たくてかちかち。帰ると隣では眠っているイビキじいの枕許でがみばあが娘に電話。「お父さんの我儘にはもうキレそうだがね。昨日までサイダーサイダーって言うとったのに今日はカルピスが欲しいだって。あたしゃ毎日地下の売店まで使い走りだよ。まあええかげんやんなるよ」ホネおくんメモ紙に走り書き「仕事　♂イビキ♀ぐち」。お茶を淹れてホネおくん草団子3串パックを1本半食べた。「ごめんな、こんな寒い中買いに行かせといて残しちゃってよお」「ううん。食べたいって言ってくれるってことはわしには希望なの。言ってくれることが嬉しいんだよ。たとえ残されたって、ちちと同じものが食べられるんだもん、嬉しいよ」

　のちにイビキじいが目を覚まし「やい、わりいけど、下行って氷の入ったコーヒー買ってきとくれや」と言う。ばばあ「お父さんがなんか欲しいって言ってくれることが希望だ

で。買ってきてって言ってくれることが嬉しいんだよ。私何でも買ってきたげるでね」おいおいまんまパクリかい。ホネおくんと二人で顔を見合わせて笑いを堪えたことは言うまでもない。

2017年2月27日

　ホネおくんの病室のじじたくんの一人にとてもダンディな方がおられる。いつもカーテン越しでお姿を拝見したことはないが、看護師や家族に対する物腰がとても丁寧でわたしは勝手に好感を持っていた。イビキこそかかないが、やはりこの方も声が大きい。特に電話の声は廊下にいてさえも丸聞こえである。ある日奥さまに電話でパンを買ってきてと頼んでいた。
「そこは適当に見繕ってよ。あなたがよく買ってるあの細長いのも入れてよ。ふふ、トボケたって駄目だよ。あなたがよくレンジの中に隠してて、いつ食べてるのか知らんけど、いつの間にかなくなってる、あいつを買ってよ」
　わたしはモーレツに奥さまが羨ましくなった。うちのホネおくんはわたしに関心がない。わたしの好きなパンなんて知ってるのだろうか、と思ったからだ。

　昨夜も全ての面会人が帰ったと思われたのか、静かな部屋で彼の電話の声が響く。
「ああ、わたしです。名古屋だけどねえ、今、脊髄の癌で入院してるの。もう２回目の再発なんで、近所の小さい病院に

転院しようと思ってるの。わたしは思い遺すことなんて全然ないのよ。でもね、うちのやつのこと頼みたくてさ。もしわたしになんかあった時に、あいつを支えて欲しいのよ。三度三度の飯を見張って、それ食えやれ食え、旦那が悲しむからねって言って欲しいくらいよ。まあそれは無理でしょうけども。そんなわけでね、よろしく。バハハァ〜イ」

　病室とはなんと残酷なところであろうか。全く知らない人の人生に簡単に触れてしまうのだ。わたしは終始穏やかに朗らかに淡々と語る彼の心中を思うと涙が止まらなくなってしまった。

2017年2月28日

　全く無意識の口癖ってあるよね。シチュエイション口癖とでも言おうか、わたしは車線変更するとき必ず「特攻隊だ」と言ってしまう。困ったことに他の人を乗せていてさえも言っているらしい。同乗者をビビらせてどうするよ。しかし先日もっと恥ずかしい口癖がわたしにはあったと判明した。

　ある日帰ると３番がいない。数分のちに帰宅。「今アキラの爺ちゃんちの前で俺とすれ違ったの、気づいた？　背後から『ィヤッホー』って言いながらマルＫの駐車場を見事な対角線に横切って行ったんだよ。カア未だに自転車で坂道を下るときに『ィヤッホー』って言ってんだね」。びびびびっくり。「未だに」とは彼が自転車を覚え始めた保育園から小学

校低学年まで、いろんな所へ連れだって自転車で行った、その頃のことを指しているのだが、実は高校の頃から坂道を下る時の口癖になっていた。当時使っていた駅までの道が長く緩い坂道になっており、そこを一気に下るのは大層気分が良かったのだ。しかししかし未だに言っているとは自分でも全く気付いていなかった。ホネおくんの容態が思わしくなく失意の日々だったあの頃でさえ、たぶんわたしは『ィヤッホー』と言いながら坂道を下っていたのだろう。なんてまぬけなのだろう。今日例の坂道まできた時、大きく息を吸って肺に空気を溜めている自分に気づいた。ああ慎もうと心に決めて、大きく息を吐きながら帰ったのだった。

2017年3月8日

「スズキさんホントダンス上手だよね。ここのジムで一番上手だと思うよ」

　グループグルーヴを終えた脱衣所で突然眼鏡ゴリ（仮名）と赤毛ガリ（仮名）に褒められた。「いやいやいやいやいやいやいやいやとんでもない。たまたまミユキちゃんやまなちゃんがいなかったからだよ。若い子たちがいたらわたしなんてかすんじゃう」褒められ慣れてないわたしは全力で叩き返すようなリアクションしかできない。でも心底嬉しかった。お世辞だとわかっていても一日中にまにましちゃった。これから君たちのこと、心の中で眼鏡ちゃん、赤毛ちゃんと呼ぶね。

文句あるなら 化けて出ろ

　シャワーを終えてロッカールームで膝にサポーターをつけていたらハゼドン（仮名）に「あらあら元気印のスズキさんでも痛いとこなんてあるの？」と聞かれた。あるある、あるったらある。ジムを休んでた３カ月間で、わたしは右膝を痛めてしまった。屈むと痛い。屈んで立ち上がると痛い。動かないだけではなく、いつもいつも座ってばかりいたので、何か座り方の癖が出ちゃったからだと思う。右の踵はもう一年も前に踵骨棘と診断されたとこがまだ痛い。五十肩も治らない。地味に満身創痍だ。しかも昨夜からわたしは飛蚊症に悩まされていた。運転中、突然金色の羽虫がちらちらと飛び出したのだ。寝れば治ると思っていたら、明るいところでは煙のように現れ、プールの中までついてきた。ハゼドン（仮名）に「飛蚊症出ちゃって。もうトシですよね」とこぼしたら「ううん。ストレスや疲れでね、若くても出ちゃうものよ。スズキさんなんてまだまだ若いじゃん。１週間ぐらいで治るかも知れないわよ」と言ってくれた。アリガトね。わたしは勝手に「まだまだ若い」だけを何度もリフレインした。これから君を心の中でハゼコちゃんと呼ぶね。

2017年**3**月**12**日

　昔のこと「オメエなんか食っとる時が一番嬉しそうだな。何でも美味そうに食うんだな。オメエ見てると俺も嬉しいよ。『俺が養っとる』って感じるでよ」ホネホネじじいは確かに笑ってそう言ってくれたのだ。それなのに今日はどうだ。「オメエの食ってるとこ見とるだけで気持ちわりい。オ

メエどっかよそで食ってきてくれん？」だとよ。

　暫くホネホネじじいのこと話してないので気にしてくれてる方も多かろうが、実はなんにも書きたくないのだ。データの上では回復の一途を辿ってるらしいが、体重は30kgのまま、折角許可が出たのに自力でシャワーも行かず、歩く練習もせず、ものも食べず、常に不機嫌で日に日に我儘さを増している。わたしは毎日召使いのようにかしづいて（屈むと膝が痛いのよ）額に汗して彼の体を蒸しタオル４本で拭き上げる。シャワーに行ってくれたら身体拭きもせずに済む。もうわたしがやらねばならぬことなどないのだ。なのに毎日来て来てって言うし、到着が遅いと「なんで今日遅れたの」とちくちく文句を垂れる。

「二ツ池公園で赤みの強い桜が満開だったよ。早いよね」と報告。「そら河津桜だろ」「河津って伊豆の方でしょ。河津桜っていう品種なの？」「タリメーだがや。どこの桜もひとりでに生えたやつなんかねえぞ。必ず誰かが植えとるんだがや。コシヒカリだって越後だけじゃねえ、どこで穫れたってコシヒカリって呼ぶだろ」ここで完全に呆れた、軽蔑したようなまなざしを向ける。何を言っても結局叱られるだけだ。もうくだらないお喋りはシャットアウトとばかりに、彼はヘッドホンでTVを見る。わたしも傍らでただ本を読んで過ごすのみ。わたし毎日何しに来てるんだろ。どんなに毒づいても馬鹿にしても帰りには「来てくれてありがと」と言ってすべての悪態をチャラにしてるつもりらしい。

担当医は退院を考えているもののあまりに体重が増えないので、体にポートなるものを埋め込み、自宅でも高カロリーの点滴ができるようにした。更なるサイボーグ化だ。あんなに夢見た退院が実現するというのに、自力ではまだ何一つできない。不安は募る。

2017年 3月14日

　誰がキョーミあんねんフィットネス馬鹿のダンスダンスダンス日記だ。この３月から MOSSA PROGRAM は全て新しい曲、新しい振りでわくわくだ。ダンスが大好きなわたしだが、コリオを覚えなきゃと思ったことは一度もない。毎回毎回コーチを見ながら踊ればよいのだし、音楽がかかればぼんやりと思い出すといった程度だ。誰しもそうだと思い込んでいた。しかし今日は曲間の休憩時に野ウサギちゃんがふと「いかんなあ、振りを覚えてないや」とこぼしていてギョッとしちゃったのだ。ああなんて真面目な人であろうか。確かに彼女はどのレッスンでも、コーチの簡単な説明にうんうんと頷いて、熱心にステップの練習をしていたりする。そして振り覚えはほぼ完璧、コーチが間違えても彼女の動きは正確だ。わたしも出だしが右からか左からか迷ったら鏡越しに野ウサギちゃんを見て確認する。

　ところが彼女、シーズンを終えた曲をあまり覚えていない。わたしにとって振り覚えは音楽だけが頼りなのだが、彼女の頭脳はどうなっているのか、一度中を覗いてみたいもの

だ。

> 2017年3月16日

　悲しいかなわたしのちっぽけな脳は興味のあることしかしまっておけない。似たもの親子と言われるわたしと３番との会話、
「ねえカア、愛知県出身の武将なんているかな」
「桶狭間とか長篠とかこの辺だから一人や二人おるんじゃない？　ググってみて」
「メジャーどころがおるといいね」
　開けてびっくり、メジャー筆頭株主がぞろぞろだ。ああそう言えば社会の授業で教わったかも。わたしは大昔のことと言い逃れできるが、３番はまだ現役学生だ、逃げも隠れもできない。３番の高校時代、英語や数学で学年トップだった（こともある）栄光もかすむ。ホネおくんに報告したら、
「オメーら、縁もゆかりもなけりゃなんで名古屋まつりで三英傑行列やっとるだ」
　おお、三英傑行列は存じてましたけども、全国どこでもやってんだろぐらいにしか認識してなかった。

　わたしを称して実によく言われる言葉『変なことをよく知ってるくせに、みんなが知ってることをなんにも知らない』を端的に表す結果となった。確かに「ヒーカップ唱法」「キュールニング」なんて知ってても実生活には何の役にも立たない。

文句あるなら 化けて出ろ

2017年3月18日

　不良ばばあ、わけあって一人暮らしだ。3番が16日から24日まで旅行に出かけているからだ。大昔から一人が大好き！　特に結婚してから一人の時間はなかなか持てずにいたこともあり、何する？　なにしよう？　とわくわくが止まらない。ちちおくんに叱られそうなことだってできるのだ。まずご飯何作ろう、に何の気兼ねもなく、食べたいものだけ作ればよい。手抜きもできる。買ってきてもよい。昨夜は音楽をかけっぱなしにして風呂場にカレーライス（先日残って冷凍庫で眠ってたやつ）と珈琲とハゲだアイスを持ち込んでゆっくり本を読んだりして過ごした。普段できないことがしたいな。ピュアげんに夜遊びに連れてってもらってパンダちゃんを指名したいな。

　でも病院から帰って20:30から寝るまでの時間制限のある自由だ。きっとたいしたこともできず、結局録画した海外ドラマと映画と本に溺れて過ごすのだろう。ああそりゃいかにも普段通りだわね。

2017年3月23日

　不良ばばあの夜遊びレポートだ。期間限定の一人暮らし、ピュアげんと21:00にファミレス、というのもわたしには非日常の大冒険。古い友やっちーに会いたいとかねがね思って

いたのだが、ちちおくんの退院の兆しも見えてきた今、夜遊びのチャンスは今しかないと思い立ち、昨日は病院の帰りにお手伝いさんのような恰好のままふらりと食事に行ってきた。ああ、お店の名前を憶えていられないわたし、ぼんやりとイタリアンで「マッチョ・メンディー」みたいなMMで始まる名前としか思い出せないけど、お客にイタリア人が数人いたのできっと美味しいに違いない（自分の味覚に自信もなく、堂々と美味しかったよ、と明言するのは避ける）。

　そもそも初めてやっちーに出会ったのは25年くらい前のことだから、今でもわたしの中では彼女は10代後半のまま、目の前にいてさえも24、25歳ほどに感じてしまうのだ。実際外見もお肌つるつるで可愛いままだ。洋楽好きな彼女のライブやギター、バンドの話など、面白くて楽しくて、あっという間に時間が過ぎてしまった。若いやっちーと伴に過ごし、わたしまで細胞の一個一個が若返った気がする。忙しい中時間を作ってくれて、やっちーホントにアリガトね。お腹きちきちで大満足で帰宅し、風呂の後で体重計に乗ってぐえっとなったものの、お土産のお菓子も平らげちゃった。ああまたジムで野ウサギちゃんに横腹をつままれてしまうわね。

　しかし今夜から２、３日２番が帰ってくるという。たぶん寂しい一人暮らしを案じてくれているのだろう。ご飯は何作ろうかなとか考えるとうきうきする。しかし彼女の好きなアイスやチョコレートを用意しながらも、お目付け役が来るんだ、ああこの甘美な夜遊びはもうできないな、とちょっぴりがっかりしちゃうのだ。

2017年3月25日

　昨日24日はホネホネじじいことちちおくんの誕生日だった。プレゼントは何もあげられなかったが、担当医から思わぬプレゼント。退院が30日に決まったのだ。今週は家でも点滴交換ができるように、毎日わたしが交換の練習をした。体重も36kgまで増えた。点滴の宅配や往診の手配も終え、当日を待つのみとなった。あれこれ不安は残るもののやはり嬉しい。運転しながら何度も涙を拭った。

　一つ問題が生じる。ここ数日「夜遊びするチャンスは今しかない」と焦るあまり、31日にも飲み会の約束をしちゃった。なんと言い出せば許してくれるかと考えていたら、丁度その時お義母さんがお見舞いに来てくれた。お義母さんも夜遊びはよく思わんだろうが、わたしはわざとお義母さんのいる前で「高校時代の友達が『久々に』集まるんだけど」と切り出した。普段なら許してくれそうにないちちおくんだが、お義母さんの手前寛容に「行ってくりゃいいじゃん」と快い返事。お義母さんも「晩御飯ならタケヨシがうちに来てもいいがね」と言ってくれた。「帰り遅なるんじゃねえの？」「ピュアげんと（往きは）一緒だし、大丈夫だよ」というわけで、夜遊びのフィナーレは一度で大ファンになった黒川の「ほしの」に決まった。ああ嬉しいな。嬉しい。ちちおくんが退院できるんだ。ちちおが家にやって来る　ヤア！　ヤア！　ヤア！

今日また新たにホネホネくそじじいのヤなところが露呈した。以前「次の車検でオメエの車、ポルテに替えるでな」と告げられた。軽は作りが脆いから危険だと。その時はてっきりわたしの身を案じてくれる、と嬉しく思ったのだ。しかし本意は全然違うものだった。
「わし60歳になったらさっさと免許を返して運転から解放されたい」
「はぁ？　あほかオメ何言っとるだ。その頃はじじいばばあの病院の送り迎えがあるで、免許は手放せんでな」
　なるほど、おトチヨリも乗せやすいスライドドアだ。

　するよ。送り迎えもするし、オムツだって替えるだろうよ。わたしの性格では誰よりも熱心に世話をするだろうよ。でも当たり前とは思って欲しくない。一言「面倒掛けるかもしれんけど、その時は頼むな」って言って欲しいのだ。

　わたしはちちおくんが大大大好きだ。前にも言ったがわたしのような何の価値もない人間と違って、彼は人として良い資質をいっぱいいっぱい持っている。誰にも優しく道徳心も高い、とてもしっかりした正直で真面目な人だ。しかし愛ではない。オットとしては厭なところも沢山あるのだ。彼は腹のどっかでツマがオットの親に尽くすのは当たり前だと思っている節があり、老後はもっと干渉してくるだろう。未来は決して明るくない。

2017年3月30日

　いやあホントに長かったなぁ〜。長かった。ちちおくん、ようやく退院できた。嬉しい。家で一緒に過ごせる。316日に及ぶ入院生活のうち、わたしが運転して行ったのは205日、走行距離にして15,375kmだ。もう毎日運転しなくていい、それが一番嬉しいかな。家では「マスク持ってきて」「充電器挿して」と些細なことで呼びつけるお殿様だが、やはり一緒にいられるのは嬉しい。毎週同級生のとっつぁんが往診に来てくれることになったし、介護士も来て下さる。そしてそれが何曜日になるのかが一番の関心事。何曜日にジムに行けるかがかかっているからだ。車で約1時間半移動しただけでぐったり疲れ果てたちち。なぜかわたしもぐったり疲れたので、今日はもう寝てしまう。おやすみなせ。

2017年4月3日

　わたしは掃除が苦手なうえ、下手だ。掃除の仕方がよくわからない。掃除する前よりも散らかしてしまうことだって多々ある。それもこれも物が多いからで、整理整頓は永遠の課題である。そんなわたしがちちおくんの退院を機に毎朝5時半に起きて掃除機をかけ、雑巾をかけ、洗濯機を回しながら弁当と朝食の支度をする。普通の人には普通の生活だろうが、寝起きがウルトラ悪く、しかも週2度しか掃除機をかけてこなかった長年のずぼら習慣ゆえ、罰ゲームとしか思えな

い。ちちおくんはスーパーきれい好きだが、おばあちゃんに蝶よ花よとちやほや溺愛されて育ったので、掃除の仕方はよくわからない。したがって口うるさいだけで元気な頃でも何一つ手伝ってはくれなかった。ちちおくんが起きてくると寝室に掃除機をかけ、ドアノブや取っ手をアルコールで拭き上げ、布団を干す。そして９時頃点滴を交換する。

　こんなに苦手なことを頑張ってるのに、ちちおくんは文句ばっかり。往診の際とっつぁんに「筋力をつけるために寝てばかりいちゃダメ、座って過ごして」と言われたくせにすぐに横になって、あれ持ってきてそれやってこれ買ってきてと細かく注文してくる。きぇーヤダヤダ逃げ出したい。ジムに行きたいよお。とんだり跳ねたりしたいよお。

　不平不満のあまり体中にぶずぶずと毒素が溜まっているのだが、ちちおくんの意識の混濁していた約２カ月のうち、４日間だけやたらと優しかったことを思い出す。気の迷いとは言え「オメエと結婚してよかった」とまで言ってくれたのだ。その幻の４日間の思い出だけでわたしは頑張れるのだよ。オットの立場にある皆様、是非ツマに日常的に感謝やお褒めの言葉をかけて戴きたい。

2017年４月５日

　誰がキョーミあんねんフィットネス馬鹿のうきうきわくわくダンスダンスダンス日記だ。この４月から水曜ズンバのイ

ンストラクターがあおい先生に代わった。あおい先生は以前よそのスポーツクラブから代行でレッスンをしてくれたことがあり、１回で大ファンになってしまった先生だ。トータル３回レッスンを受けたが、選曲のセンスがいい、コリオのセンスがいい、ルックスがカワイイ、人柄も良いというテルコ大嵌まりイントラだ。４カ月限定の代打らしいとの噂もあるので、こりゃ何としても参加せねば、と１週間も前からホネホネおやじの機嫌を取ってきたのだ。昨今いやというほど耳につく「自分へのご褒美」「元気がもらえる」との言い回しが嫌いなのだが、ホネホネおやじにうんと尽くした代価としてレッスンに出るのだから「褒美」だな。そんでもってあおい先生の元気は明らかに伝播する。わたしは50分踊り狂って、疲れるどころかますますパワーが漲っていくのを感じた。

　前回レッスンを受けた11月９日、11月16日両日は、ちちおくんがいつ死んでもおかしくないと言われていた、実にひりひりした状況だった。その頃のメンタルはもうぼろぼろで、知覚は海の底を歩いているように重くぼんやりしていた。当然ジムも休んでいた。そこへ「あおい先生が代行で来るよ」と野ウサギちゃんがわざわざ連絡してくれたのだ。よくそんな時にダンスなんかに行ったねと子にも厭きれられたが、踊っていれば笑顔になれる、踊っている野ウサギちゃんの笑顔が見える、音が声がクリアに聞こえる、どっかに置いてきた手足が再び戻ってくる、あれっ、わたし生きてるんだという実感を味わうことができた。この実感は失意のどん底にあったわたしを大いに勇気づけた。レッスンの後「わたし

は生きる強さがある。ちちおくんも生きる強さがある。彼は死なない。彼は死なない」そんなことを考えながら病院に向かった。今のところちちおくんは死んでいないから、なんだかあおい先生のお陰で生きていられるような気さえしているのだ。

　ズンバと同じく好きなレッスン「グループファイト」まで１時間35分ある。食材をすぐ調理してすぐ食べるルールのため、ズンバの後で買い物して昼ご飯を作ってからまたぎりぎりファイトに駆け込んだのであった。

2017年4月7日

　確かにわたしたちは退院で浮かれていたのかもしれない。食べる量も体重も増えた。パジャマに帽子で点滴スタンドを手にアサヒヤにプラモデルを買いに行った。全室エアコンと空気清浄機を24時間稼働するちちおくんを神経質だと揶揄ったりもした。つまらんことをいちいち説教されても嬉しかった。なのに退院後初めての診察で再入院の必要があると言われた。早いよ。早過ぎるよ。浮かれ気分はぺしゃんこだ。血球を食べてしまうという悪い細胞がまたも増えて、服薬では治癒できない。再び抗癌剤で骨髄を空にして移植するには体力が足りない。ドナーにリンパ球を提供してもらって輸液し、抗体を作るという方針でいきましょう、とのことだった。ただ今はもっと体力をつけねばならないので、入院はいつごろになるのかは未定、体重を増やし週一度の輸血で

準備をする計画だ。

　1週間分の内服薬を処方してもらうとなんと49,980円也。外来診察料が30,580円也。たった1日で1カ月分の入院費と同じ金額だ。びっくりやがっくり、ぐったりで帰りの車中は二人して無口だ。名古屋高速の出口を間違えそうになってもいつもほど怒らないちちおくん。すぐ作ってすぐ食べるルールのため「なんか食べて帰ろ」も「すぐ食べられるもん買って帰ろ」もできないことを今日ほど恨めしく思ったことはない。

2017年4月11日

　祝！　ちちおくんの体重が40kgになった。ああ嬉しい。体重が増えれば次の治療に進める。この調子でもっと増えてくれろと願うばかりだ。しかし困ったことにテルコの体重も増えていた。ちちおくんまだまだ沢山は食べられない。なんとか少量ずつ回数を増やそうと、手の届くところに常に草餅やどら焼き、牡丹餅を置いている。しかし菓子類も半日以上置いてはいけないルールがある。言い訳になるが、ご飯もおやつも彼と一緒に食べ、更に彼の残したものまで食べるという健啖ぶりのテルコが太らぬわけがない。しかもなかなかジムに行けずにいるのに、家にいると余計に食べてしまうのだ。この1年間のテルコの体重の変動はすごいものがあった。10kg減り、10kg増え、更に……！　というわけで、ちちおくんの回復は嬉しいが、自身の体重増加は歓迎できな

い。

　3度の食事の用意は大変だが、反面とても楽だ。3度ともちちおくんが食べたいものをリクエストしてくれるので、わたしは考えずに済むのだ。そして朝のテルコは忙しい。だが10時頃には粗方家事を終え、ちちおくんとともに古いアメ車をオーバーホールする番組やアイルトン・セナ全レースのLD（！）を観たりしてゆったり過ごす。昨日は映画『オデッセイ』をレンタルで見たのだが、今日は失敗、タイトルだけでけち山けちおが好きそうだわと借りた『トレーダーズ』は有り金全て賭けて命のトレード、殺し合いをするといった恐ろしい映画だった。次はちゃんと老眼鏡を持って借りに行かなくては。

2017年4月15日

　毎週木曜はホネおくんの病院の外来に行く。彼が乗りやすいように広いスペースに車を移動する。すると地面にオイルが垂れているのを目敏く見つけ「おいオメなんで気づかんのじゃ」と怒り出す。「そんなん気づかんよ、車の下だし、動かすときには地面なんか見てないもん。いつこぼれたのかなあ。結構な量だね」「あほかオメこんなんいっぺんやにへんじゃねえぞ。ちいとずつ何回もこぼれとったんだがや」

　そんでいつものように運転中にあちこちでがたがたと文句を言われ、苦手な名古屋高速を走り、ぐったり疲れて家に着

文句あるなら 化けて出ろ

くとすぐさま「オメ今からヒヤマんとこ行ってこい」と命じられる。ヒヤマ君はちちのジムカーナ友達で、碧南で中古車屋を営んでおり、車検やたいていの修理はやってくれる。しかし10年ほど前に一度行ったきりだ。わたしは走りながらおぼろな記憶で、『ガードをくぐると笛を吹く女の子の像が立ってる交差点』を探した。案の定ぐるぐると迷った挙句辿り着いたのだが、ちょうどヒヤマ君はナンバーのない車をピカピカに磨き上げてる最中であり、のちに作業を終えたよという電話をちちにしてくれた時も「ごめんねぇ、私用でさ奥さんを凄く待たせちゃってさ」と言ってたので帰りが遅いと咎められずに済んだ。ラッキ！　降って湧いたしめしめだ。

　ところがである。晩にスタバの話題が出た時にわたしはついうっかりと「そいえば碧南にスタバできてたよ」と口を滑らせてしまった。「へえどこに？」「笹山町から鷲塚に抜ける道」「はぁ？　ヒヤマんとこから反対方向じゃねえかよ」……というわけで、わたしの方向音痴はまたもあっさりとバレてしまったのであった。

2017年4月16日

　ちちおくん退院からまだ半月だ。なのに既に3回も点滴パニックがあった。点滴バッグを空にしてしまうとルートに空気が入ってしまうので、まだ液の残っているうちに交換せねばならない。点滴交換はさして大変なことではない。毎日時間が決まっているから、掃除、洗濯、ご飯……という流れで

さあ点滴替えましょ、となる。だがいつもとちょっと違うことをしただけでついころりと忘れてしまうのだ。
「なあばばあの命日だで急いでお供え置いてきてくれん」
　そんなあれこれに気を取られて一度目はポンプの『空液アラーム』を鳴らしてしまった。その時はルートの空気をパチンパチンと指で弾いて移動させたので事なきを得た。輸液の残量を時間で割ってポンプの速度を決めるのだが、翌日ちちおくんがその計算を間違えて、またアラームを鳴らしてしまった。その時はルートの空気が抜けきらずアラームが鳴り止まなかったので、訪問看護のスタッフに来てもらいルートごと交換した。時間も残量も気をつけようね、と二人で決めたところなのに「なんかえらいで俺ちょっと横になっとるわ」という場面でまたも忘れてしまった。通院も免許の書き換えも、出かける予定がある時はまずは点滴を早めに交換するか或いは持って出るかなどとちょっとピリつく。ルーチンワークがいかに大切かを痛感した半月であった。

2017年4月20日

　誰がキョーミあんねんフィットネス馬鹿のダンスダンスダンス日記だ。ちちおくんが家にいるのは嬉しい。いかにも仕事人間だった彼とはこんなふうに並んでゆっくり『マネー○○』というタイトルのビデオを見るとか、ディスカバリーchのガス・モンキーの中古車改造番組を見るなんて時間は以前はなかった。しかし一人が大好きなわたし、こんなに一緒では息が詰まる。顎に吹き出物ができてしまった。思春期

でさえニキビとは無縁だったのに。たぶんこれはちちおストレスに違いない。うう。泳ぎたいよぉ。「プール行ってきていい？」「吹き出物に雑菌が入って膿むといかんでやめときん」親切ごかしてわたしを縛る気だな。きぇぇぇわたしゃそげにやわじゃねぇだに。

　さあ待ちに待った水曜日だ。あおい先生のズンバがある。ダンスってなんでこんなに楽しんだろ。知らぬ間に笑っちゃう。頭のねじが抜けたかのようにへらへらしちゃう。心配事は変わらずそこに居座っているものの、なんだか全てがうまくいくような気がする。終盤あおい先生が「楽しそうな人見てるだけで楽しくなってくるよね」と言う。はっ、そうなのか。わたしはあおい先生をずっとずっと見ていたい。あおい先生がとても楽しそうだからだ。楽しそうなあおい先生見てうんと楽しくなっちゃったわたしは急いでちちおくんの許に帰り、もっと優しくしてあげよ、と心に誓った。

　ダンス日記追記。ダンスの楽しさってたぶん自分を解放できるところだ。「あんた常に解放しとるじゃん」と言われそうだけどそれは違うのだ。以前ダンスイベントを見てくれた友達が同窓会の席で言った。「テルコ凄く腰が柔らかいんだよ」「うっそ。ちょいおまえ腰回してみ」そこに照れも羞恥もなかったのにわたしは1mmも動けなかった。ああ音楽がなきゃ駄目なんだ。家では料理を作りながら、掃除しながらくねくねしてはいるが、それは頭の中で音を再生してるから。尻だけさあ振れよ、と言われてもできなかったのだ。

引っ込み思案で人見知りなのに目立ちたがりという厄介な性格で、生まれ育った田舎町では子どもの頃から「変な子」「ちょっと変わった子」と言われ続けてきた。子ども心に「理解して下さらんで結構」と意固地になったり「誰か受け容れてくれ」と無防備にただ求めたりしていた。多感な時期に後ろ向きの会の人々（河合塾芸大進学コース）に出会えて、なんだ、変態ばっかやんと気づき随分と楽になった。そののち入学した大学も変態ばっかだった。楽な青春時代を過ごしてしまったので、結婚して『〇〇ちゃんのお母さん』という立場が辛かった。またふりだしに戻るの目が出た、そんな感じ。本が好き、映画が好き、洋楽が好き……わたしを作っているあれこれは出番もなく、わたしは目立たない大人しい人になった。

　西尾に住んでた35歳の頃ヒップホップに出会った。オオタ先生、凄くキョーレツな個性。のち現在地に引っ越してからガールズヒップホップをおそわったマツバラ先生も然り。エ〇ティで教えて下さるゆみ先生、タカコ先生にあおい先生、皆それぞれに個性的で皆それぞれに魅力的だ。先生軍を見て一緒に踊ってると、自由でいいんだ、自然でいいんだ、そんな気がしてくるのだ。

2017年4月22日

　家族から歓迎されてないけど、わたしは料理が好きだ。今はホネホネくそじじいの専属コックなので、三食とも彼のリ

クエストを聞き、買い物に行き、調理する。今までずっとインスタント食品やクックドゥや冷凍食品は極力使わずに避けてきたのに、じじいは入院中病院食かレトルト、冷凍食品しか食べてはいけないというルールがあった。よって、退院した今でも「午は何食べたい？」と聞くと滅多に見せないいい笑顔で「冷凍のラーメン。セブンのやつ」「冷凍のペペロンチーノ。セブンのやつ」と返される。当然だがわたしが作るよか美味しい。とほほでありがっかりである。

　毎週木曜は病院に行く。体重が増えているのを褒められた。「特に何が美味しかったですか？」と問われ、むむ好きなメニューを聞くチャンス‼　と耳を欹てていたら彼は「肉」と答えていた。わたしの料理ではなく、素材の話かーい。とほほでありがっかりである。

2017年4月28日

「ちちおくんが入院する前は」という言い回しが面倒で、家族は皆「生前」と言うようになってしまった。最初は怒っていた彼もつられて「俺だって生前はこんなにしんどい治療とは思ってなかったさ」なんて言っている。失言大臣なんて可愛らしく感じる。

　ちちおくんと過ごす毎日は楽しい。入院中の反動だろう、どんな小言も素直に聞いちゃう。レンタルの『マネーボール』とか『スター・ウォーズ』とかさして興味のないものも

つき合ってソファに並んで見る。しかしテルコは太っていた。プールでたまにしか会わない首じじたくんに「もしかして旦那、定年した？」と聞かれた。えっわたしそんなトシに見られてたの？　ぎょっとしてなぜかと問うと「いやだしぬけにすまんね。あんた最近えらい肥えただら。うちのやつがそうだったもんでさ。俺が定年退職で家におるようになったら、家内がストレスでどんどん肥えちゃってさ。ほいだで俺はプールに来るようにしたんだわ。そしたらまた家内の体重は戻ってったけどね」「わはは。わたしのは単なる食べ過ぎです」そう笑い飛ばしたものの、当たってる。ちちおくんと過ごすのはストレスでもある。例えばTVの録画予約にWEC、DTM、WTCC、WRC、SUPER GT、SBK、FIMなどと略字が並ぶ。すべて2輪か4輪のレースだ。地上波では『がっちりマンデー!!』と『ガイアの夜明け』だ。重複したわたしの予約は消して再放送を探すか諦める。一日中家にいるんだから録画などせずに見ればいいのに、リビングの椅子が痛いから調子のいい時しか見たくないのだそう。なのでレンタルDVDも全て洋間のソファで、彼のノートPCの画面で見るのだ。楽しいことよりやれやれなことの方に「ちちおくん、帰ってきたんだな」という実感を覚える。

　ある日彼の弟が来て「おにい頑張れよ。まだまだやりてえことあんだろ。てめえのためだ。頑張れ」と言った。「あほかオメエ、てめえのためだったらてっくらかった方がどんだけ楽か知れん。はよ楽になりてえけど、家族がおるもんで生きとらなあかんなと思えるんだがや」と返す彼につい感謝の涙がこぼれた。ストレスだなんて贅沢言っちゃった。ホネホ

ネくそじじいなんて呼んでごめんね（本人には言えず）。

2017年4月29日

　楽天家のわたしとは違い、ホネじいさんはとても慎重な性格だ。昨日も病院から帰って疲れたのかずっと横になっていた。だが眠ってる様子はない。なんかまたくよくよしてんだろと思ったら案の定だ。「俺いつまでこんな状態が続くんだろ。次の入院はどれぐらい長引くのかさっぱり見当がつかん。せめて余命がわかればいいのにさ」わたしはベッドの足許に掛けて脛をさすりながら「ダイジョブよ。じきのことよ。辛いのは今だけなんだから」と何の慰めにもならんよな気休めを言う。だが腹の中ではぷんすかだ。「はぁ、ざけんなよ。甘ったれんな」と言いたいのだ。ホネおの危篤状態と言われていた２カ月間、一人ぼっちの車の中で何度も泣いて喚いて憤った。絶望と闘いながらも家族や友人の前では変わらぬ態度を心掛けていたのだ。わけあって二人家族だったので、たまに３番に泣いたのがバレて「めそめそアワード受賞おめでとう」なんて揶揄われた。ホネおには快方に向かってるんだって、よかったね、というふりを続けて、片時も笑顔を絶やさぬようにしたのだ。あの頃のひりひり状態を思えば今なんてわたしには天国のようだ。なに今さらめそめそしてんの？　しっかりしとくれや、って言いたいのだ（言わないけど）。

　そんな折、北海道旅行から帰った友人がお土産を持って来

てくれた。彼はホネおの幼馴染なので、まるで学生時代に還ったかのように心底喜んでいた。久々に見る笑顔だ。どうやらまた前向きになれたみたいよ。ピュアげんどうも、ホントにどうもアリガトね。30分も並んで需めてくれたお菓子もとても美味しかったよ（とこんなとこでお礼を言ってしまう。ずっちーな）。

2017年5月5日

　ホネホネうんこおじいさま、ちちおくんと良妻賢母（わたしだが）のAV事情の巻。昨今のわたしはあまり外出できないちちおくんのためにレンタルビデオを借りる。彼の好きな映画はアクションやコメディ、SF、金融。わたしの見たい映画との接点は皆無に等しい。高校の夏休みに二人で見た思い出の『スター・ウォーズ』も「えっまた見るのぉ？」と言いたいがぐっとこらえて付き合う。毎週のTVドラマの楽しみは小栗旬の出ている『CRISIS』だ。わたしの大好きな『Major Crimes』は登場人物の練り込み方が秀逸で、こうしている今もあのメンバーはどこかで犯人を追っているかのような錯覚を覚える程だが、ちちおくんはまるで興味なし。ちちおくんにとって、ドラマは日本製に限るらしい。生前はTVドラマを見なかったのに入院中にいろんなドラマを見て、今やちょっとしたドラマ評論家だ。そしてハードディスクにぱんぱんに詰まったレースやラリーを見てる間も傍らで本を読んでいるわたしに「おいこれ見ろや。えげつない抜き方だぜ」「おい見てみ。ワンツークラッシュだでよ」とわざ

わざ巻き戻して見せてくる。ごめ。わたしそのえげつなさが理解できんわ、と思いつつも見る。彼がリビングから離れたらハードディスクの空きを確保するために、わたしの録った番組を観ねばならぬ。今週中に借り物の本を読んでしまいたいのに。

　気まぐれにかつて山登ラーだった彼のために『エヴェレスト』『劒岳』の２本を借りてみる。いずれも邦画だ。しかしこれが彼の心に響いた。また山に登りたいと思ったらしく、見終えてから朝晩のストレッチが日課になった。ああなにが功を奏するか全くわからないが、邦画もなかなかどうして捨てたもんじゃないな。以上、スズキ家のオーディオ・ヴィジュアル事情近況である。

2017年5月10日

　地デジ化以来 LD 用か或いはプレステ用になり下がっていた箱が再び TV として復活を果たした。ホネじいさんがチューナーを買ったからだ。しかも家を出た２番の部屋から DVD デッキも貰った。これで洋間のソファで TV も DVD も見られる。ノート PC の小さな画面から解放されたのだ。嬉しい。スズキ家の AV 事情の向上である。

　話題は変わるが、我が家の庭に面しているのは近所の鋳物工場の駐車場だ。洗濯物を干していると、そこで働いている東南アジア系の人たちが挨拶をしてくれる。今朝のこと「ア

ナタ、カワ、キレイネ」と褒めてくれた。お世辞でも嬉しいよ。「アリガト。顔を褒められたのは初めてです」と答えたら、もう一人が「カオジャナイ、肌」とピシャリと言い放った。嬉しいけど……男性が肌を褒めてくれるのは『最後の手段』という気がしてならない。社交辞令にどっか褒めてあげなきゃと思うものの「吸い込まれそうな瞳」でも「セクシィな唇」でもないし、まあ肌でも褒めときゃ無難だろ、という魂胆ではなかろうか。わたしも人から旦那の写真なぞ見せられて、箸にも棒にもかからんよなブー子だった場合つい「なんて優しそうな人なの」なんて言ってしまうからだ。やれやれと思いつつも家族には堂々と「あなたキレイねって褒められたよ」と言ってしまう図々しいわたしであった。

2017年 **5月13日**

　わたしと3番は気心が知れているとでも言おうか、通じ合うところが多い。ちちおくんが機嫌よく林檎を食べてる傍らで3番が突然「えるしってるか」と言う。わたしは「しにがみはりんごしかたべない」と返す。二人でハイタッチしてふひゃははと笑う。ちちおくん煙に巻かれ面白くない、といういつもの図式。その代わり、2番とちちおくんは最強のタッグで、誰それが車替えたよ、誰それムカつくよと彼女の話題には楽しそうに全て乗る。言葉遣いが突如荒くなる。一番楽しげなのはわたしの粗を探して責める時だ。片方が「だからカアは駄目なんだって」と言おうものならもう片方が「そうだそうだ。こないだもねえ……」といった調子だ。やれやれ

だぜ。

　そんな２番がちちおくんに LINE で一枚の写真を送ってきた。うわわ、給料３カ月分のカルティエのリングだ。「一日も早く点滴が外せるようにならんとなって思うけど、一生病気が治らなけりゃ２番はずっと結婚せんかもなとも思うでよ」なんて言い出す始末だ。おいおい女々しいぞ。もう彼氏に会え。点滴・パジャマ・坊主も標準装備で会おうじゃないか。嬉しい。感激だ。そう言いつつもわたしも実はちょっぴり寂しいのであった。

2017年 5月15日

　八事の興正寺で八代流いけばな展を見てきた。会場は五重塔あり大仏ありでわっカッコいい！　と思ったけど、この大仏、世間では不評だそう。そう聞くとＪ・オングみたいな振袖だし半眼ではなくガン見してるし、ちょび髭も地味に助平ったらしく見えてしまうから不思議だ。そんな審美眼ぶれぶれの何の知識もないわたしにもいけばながとても楽しかったのは、一から十までマコッが傍らで解説してくれたから。約束事がいっぱいあっても皆個性があったり、花器周りの演出が秀逸だったり、生花より自由花の方が位が下だったりと、流派の背景にも物語を感じてしまったよ。うむ。奥が深いのう。その昔夫婦でも婦人が殿方に物申すのははしたないとされていた頃、妻はいけばなに自分の心情を託し、夫はそれを見て妻を理解した、だから日本ではいけばな文化が根付いた

というエピソードを本で読んだ。活けて表現するスキルも必要なら、それを読み取る手腕も要するなんて、しょえ〜スズキ家には全くもって無理な話だわい、と思ったものだよ。

　久々の病院以外の外出、とても楽しかった。ピュアな彼とピュアではない話、友とお茶できたのも良かった。関係者各位、どうもアリガトゴザました。
＃ 初心者は枝を切ってズボッと差すだけなのね　＃ そりゃとんでもない間違い　＃ そしてフトイは曲げられる
　（わたし自身の覚書や補足説明をハッシュタグにしたよ）

2017年5月18日

　去る月曜日のこと、2番が家に来て改めて婚約についての報告、午はちちおくんと三人で焼き肉パーティーをした。午後ちちおくんが休むタイミングでケーキを食べに連れ出してくれた。ヤッホ！　おんもに出られるならどこでもいい。ちちおくんがヤなわけじゃないけどたまには離れたい。それが母の日のプレゼントだそう。ちちおくんはまだ外食がNGな上、生クリームや蜂蜜、果物などまだまだ食べてはいけない食品が多いので、二人だけで出かけた。

　結婚前のセンチメンタルか、幼い頃の思い出話に花が咲く。まだ西尾のアパートに住んでた頃、ぼろぼろのカレンダーや電話帳を使ってた。パンチ穴開け器の紙を集めては2階から「雪だ！」と叫びながら撒いた。雪を集めたい一心

でカレンダーや電話帳が犠牲になったというわけ。「毎晩父ちゃんの帰りが遅かったからカアと過ごす時間が長くて、カアは布団をふかふかに積み上げてわたしらを投げたり、部屋中にシーツを張ってテントにしたり、毎日次から次へと色んな遊びを開拓してたね。わたしらがどんな遊びをしててもいつも面白そうに見てたよね。公共の場での行儀が悪いとトイレとか階段の踊り場とか、人のいないとこに連れてかれてちりピンされたけど、そういえば遊んでてあれしちゃダメこれしちゃダメって言われたことないじゃん。今になって思うけど、ダメダメ言ったり叱ったりしてる方がよっぽど楽じゃんね。黙って見守ることができたカアってすごいなってつくづく思うよ。わたしは子どもらしい子ども時代をのびのびと過ごせてホント感謝してる」と意外なお言葉。特に２番はちちおくん贔屓で、わたしには辛く当たることが多いだけにだしぬけに感謝されて嬉しいやら照れくさいやら。

　同じように育てた筈なのに、何故か３人とも全然違う性格に育ってしまった。しかし３人ともよい子に育ってくれたものよのう、とわたしの方が感謝の念を憶えてしまうのであった。

2017年5月23日

「くよくよしてもいい事なんて一つもないんだから笑って過ごそうよ」って退院の際決めたのに、ちちおくんときたら浮いたり沈んだり、忙しそうだ。体重が45kgになったら再入

院するよう担当医に言われているので、無意識のうちに食欲も減るらしく、体重も伸び悩んでいる。まあ気持ちもわからんではないが、ケ・セラ・セラ明日は明日の風が吹いちゃうんだよ。なるようにしかならへん。

　そんな折、お義母さんが携帯電話をスマートフォンに替えた。ちちおくんは一昨日、昨日と二日続けてショップに付き合い、アプリを入れたり消したり、使い方をレクチャーしたりと甲斐甲斐しく働いた。心なしかちちおくん、生き生きしてる。今日は休みの２番とバトンタッチして、２番は朝からお祖母ちゃんと勉強会、のちにランチに行くのだと聞いた。ちちおくん昼過ぎにお義母さんにLINEする。「飯なに食った？」すると「ささ」との返事。「字の消し方がわからんのじゃない？」と送ると３行空けた下に「ち」と一文字。「おいおいこれ見ろや。ばばあついにふてくされよった」とちちおくんは大爆笑。取り敢えずこの３日間は落ち込む暇はなかったようで、お義母さんに助け舟を出してもらったような気がしている。

　ところでわたしは２番から、毛量が少なくてぺしゃんこなのをカバーするため、「髪を乾かすときは下を向いて、全ての毛を生え際から頭頂に向かって梳かせ」と仰せられていた。しかしせっかちなわたしはドライヤーを当てる時間が惜しく、ジムの帰りはシャワーを浴びたまま車に乗り込み、信号待ちでこの『生え際から頭頂に』の件を済ませ、全ての毛が顔にかかったまま運転している。ランチに向かう２番とどこかですれ違ったらしく、ちちおくんにLINEでクレームが

来た。「カアは自分のこと大人しくて目立たない人だと言っとったけど、J・ビーバーか縄のれんみたいな髪型は誰が見てもただ『変な人』だから」だって。ぎゃふん。

2017年5月27日

　　　四肢のばす　プールの底に　われを見ゆ

　誰がキョーミあんねんフィットネス馬鹿のプール日記だ。専属コーチの野ウサギちゃんから「ウォームアップとクールダウンは必須」と言われているものの、プールに向かうと気が逸っちゃって、すぐさま水に入り泳ぎ出してしまう。最初の数本は力を抜いて極力ゆっくり泳ぐようにはしているのだが。今日は殊に4コースに誰もいない。今がチャンス、と一搔き毎にぺらりぺらりと裏返ってテルコ独自のキリモミ泳法を楽しんだ。ゆっくり泳いでいると、普段全く気にかけていない身体の声を聴くことができる。あら腰の左側が痛いわ、右膝の痛いのはいつの間にか治ってるな、などと気付かされるのだ。

　家では娘二人がキョーレツな毒舌なので、わたしなぞなんて優しい人であろうかと自分で思い込んでいた。なので心の中でつける綽名を野ウサギちゃんに毒舌と指摘され、驚いてしまったのだ。しかし口に出しては何も言えない。いかにあの方を心で「でかキューピー」と呼ぼうが、である。特に家族に対して不平不満が言えずにいる。たぶんこれは母親の影

響なのであろう。わたしときたら口を開けば愚痴だらけなのに、母親がマイナス発言をしてる場に居合わせた覚えがない。姉に言わせれば、母の愚痴不平不満は全て姉にぶつけられていたそうだが。結婚前など「男は遊ぶ生き物だよ。ばねを強く引っ張ると強く跳ね返るように、強く怒ればどっかに出ていっちゃうの。ある程度は我慢するんだよ」と教わった。幸いなことにちちおくんは遊ぶ生き物ではなかったが、最近とみにくよくよする生き物になった。強く怒ることなく上手に叱りたいものだが、わたしにはそれができないのである。

2017年 **5**月28日

　　　　草刈りて　SPFの　目に沁むる

　年に2度の地域掃除だ。我が家の割り当ては家の前の川掃除だ。ここに引っ越して16年経つ。地域掃除は毎回日曜に実施されるが、毎回ちちおくんは仕事。引っ越した当初はちちおくんも出勤前に手伝ってくれたものの、ほんの数回でわたしの仕事となった。3番も何度か手伝ってくれたが、じきに野球の朝練を優先するようになった。今回もリビングでふんぞり返るちちおくんに見送られ朝もはよから汗だくになって奮闘。2時間のち帰宅するとちちおくんJスポーツ3chの40時間モーター祭ニュルブルクリンク24h耐久レースを観戦中。このモーター祭に備えて録画を整理させられたわたしは面白くない。そんなことも構わずちちおくん、ピットク

ルーで停止位置を示す棒状のサインがロリポップ、それを持つ人を「ロリポップマン」と呼ぶんだよ、と教えてくれる。一口で食べられるものはキャンディ、棒がついたやつはロリポップと呼び分けてるんだって。「30kgのガリ痩せ期のちちがまさにロリポップだったよ」とせめてもの反撃を試みる。「はあ俺がロリポップマン？」「違う違う、この棒の方」「ほんでカアがロリポップウーマンで、気をつけしてるちちの足をこう持って……」と３番も悪ノリで参戦。こんな意地悪で憂さを晴らすわたし、ああ小せえやつとどうぞ呼んでくれ。

　ところで録画整理の件、大晦日にちちおくんのために録画したきり見ていなかった放送時間６時間の「ガキ使　笑ってはいけない」シリーズを今さら二人揃って見る。サンシャイン池崎ブレイクの理由を夫婦二人して今さら知ったのである。

2017年６月１日

　　　　風を入れ　右の腕の　日に灼けり

　病院に向かう車中、われわれ夫婦は無口だ。担当医に「体重が増えたら再入院しましょう」と言われているので、今日こそ、今日こそ告げられるのではないか、とびくびくしちゃうのだ。なので、宣告を免れた帰り道はその反動か安心か二人して饒舌になる。今までずうっと泣かないように我慢して

我慢して何とか頑張ってこれたけど、もう一人ではないのだし、１回だけ限定で泣いてもいいことにしようよ、と提案した。１ショック１めそめそ方式の採用だ。ちちおくんの入院を機に、普通の夫婦が１年もかからずに、或いは暗黙の裡に決まるルールというものを、われわれは29年もかかって一つ一つ決めている感じなのだ。

　ところが青天の霹靂と言っては大袈裟だろうか、今日の診察で突然「体重も増えてきたし、食事から栄養も摂れているようなので、いったん点滴は外します」と告げられた。更に悪玉細胞は投薬や点滴では死滅しないので、いつまた入院になるかはわからないけれど、と釘を刺されたうえで「今のところ入院するまでもないようなので、自宅で引き続き様子を見ましょう」となった。もう点滴スタンドを持ち歩かなくていいんだ。訪問看護も往診も必要ない。帰り道に泣く気満々だったわたしは、嬉しいには違いないのだけどなんだか気が抜けてポカーンとしちゃった。

　帰宅してベッドで休むちちおくんの背中に張りついて寝る。うるさがられるので「５分だけ」とせがむ。１年ぶりのちちおくんの背中だ、思わず涙が出る。でもいいのだ。１ショック１めそめそ制を導入したので、堂々と泣けるのだ。嬉しい。心から嬉しい。

　夕方２番の勤める店に行ってパーマをかけてもらう。ちちおくん開口一番「わっ！　かっけぇ、リッチー・ブラックモアみたいだ」と褒めてくれる。Ｒ・ブラックモアと言われて

文句あるなら 化けて出ろ

喜ぶ女子がどこにおるんじゃ、バカたれが。
#かいなと読んでね

2017年6月5日

　　　　慷慨の　立つや座るや　波のごと

　点滴の取れたその日から、ちちおくんはめきめきとアクティブになった。自分で運転できるのが嬉しいのか、わたしの拙い運転に甘んじる生活がほとほといやだったのかは聞かずにおくが、些細な用事を見つけてはやたらと出かけるようになった。わたしは再び助手席でぐうすか眠ったり鼻歌を歌ったりしてる。ただ一つだけ歓迎できないのは、彼の車は入院中に車検が切れたので、わたしの車を使うことだ。彼が一人で出かけてしまうとジムに自転車で行かねばならぬ。

　土曜日会社に退院の挨拶に行った。一旦解雇されたものの、前社長からは復帰を望まれていた。しかし昨年就任した現社長からは再雇用は考えていないと告げられたそう。彼にはとても衝撃だったらしく、好きなレースも見ず塞ぎ込んでいるかと思いきや、突然マットレスや枕を新調したり持ち株を移動させたりと、やや情緒不安定気味だ。塩酸リルマザホン錠（睡眠薬）を服むようになった。なんとかなるよ。なんとかするよ。わたしも働くよ。そしたら彼がポツリと一言「お前にもジムは辞めてもらわなあかん」ななな、なんですと？　改めて大ピンチだ。

叱られて　沼でナマズを　待っている

by アキラ先輩
（わたしが句を詠むきっかけとなった句）

2017年 **6**月**7**日

　　　雨音や　過ぎ去りし日を　運びけり

　遡ること2015年末、わたしはうっかりPCを初期化してしまい、500枚分のCDデータや1000枚分の写真データを失くしてしまった。住所録もアウトルックも然り、1年半近くメール開設ができずに放っておいた。携帯電話を持ったことがなくても今まで困ったことはないし、別にメールもなくても困らんしなあ、ぐらいに考えていた。しかしずぼらなわたしとは逆にかっちり山きちおのちちおくんに「メールぐらい使えるようにしとけや」と叱られて、プロバイダにパスワードを再発行してもらった。するとなんとこの1年半分のメールを20分ほどかかってせっせと受信しており、その数なんと5344通にものぼった。どうせDMばっかだ、見もせずに捨てようとしていたら、またがみがみおやじが横から「ちゃんと確認せえや」と口を挟んでくる。はいはいと返事だけしてばーばーと流し見してたら、あれっちちおくんの携帯から送った写真データが残ってる!!　PCに保存したやつは皆きれいさっぱり消えてしまったのに、2014年にサイパンや鳥取砂丘を旅行した時の写真が出てきて、思いがけず嬉しかっ

た。ああメールを再開設してよかった。ちちおくんの言うことを聞いといてよかった。

2017年6月8日

　　　往き復り　違ふ景色の　雨上がり

　今日はちちおくんが運転してくれると言うので、いつもならユーウツな通院もドライブ気分でうきうきだ。わたしは助手席ならば渋滞もマナーの悪いやつも気にならない。ストレスゼロだ。3番に「さすがにまだ長距離はあかんやろ」と止められたが、もともと運転の好きなちちおくん、高速も渋滞も機嫌よくハンドルを捌く。この人は運転さえしてればストレスゼロらしい。病院に着くとまず採血だ。そして口腔外科や血液内科、放射線科でCT撮影。科が替わるたびに待たされる。会計も待たされる。処方箋を取りにいくにも待たされる。でも今日は担当医に「経過が良いので次回は2週間後にしましょう」と言ってもらえた。ああ嬉しい。同じ待つにも気分は軽い。

　ちちおくん、すっかり疲れてしまった筈なのに「帰り道はオメエの知らん道を通ってやるでな。ドライブ感が増すだろ」と遠回りしてくれた。アリガトね。でもねちちおくんには言えないけど、わたし名古屋に慣れてなかった頃あちこちで迷子になってたから、家と病院を結ぶ道はたぶん知らない道はないくらいよ。

来週のカラオケは誘ってね

2017年6月11日

　　　　草刈つた　　若芽若枝　　臭かつた

　土、日は３番が居るのでちょっとした用事を言いつけるべく、ちちおくん３、４日前から画策に忙しく高枝切り鋏と鋸を買ってきた。そして昨日は２年振りにポルナレフ（庭の桜）の枝を払った。３番が脚立に立ち、わたしが下で枝を落とさぬよう支え、ちちおくんが日陰で指示を出す。「右のやつの一本奥、違う違うそいつの右」などと喚いた挙句に結局ちちが鋸を取る。「せっかちだな。窓から見とけ」と３番に叱られ、すごすごと引き下がる。よかった。３番が切ってくれたおかげで、ポルナレフは無事ポルナレフヘアを免れた。

　しかし休む暇もなく次は川掃除だ。家の裏の川は近隣の田の水路になっているため、底を浚うのは市の仕事だ。だが家よりも川上にどこからか流れ着いた大きなプラケース（合宿に持ってくようなクーラーボックスよ）が閊えているため、そこに木の枝や枯れ草がこんもり溜まっている。ちちおくんが既に市役所に電話をしたが（ひま人め）、職員は来てない。その大きなプラケースを３番とわたし二人がかりで汗だくになってどかした。「もう。死体でも入ってんじゃないの？」と怒り散らしながらも中を見る勇気はなし。

今日も朝早くから３番を叩き起こし、会社に（おっと、前いた会社に、と言うべきか）私物を取りに行っている。出がけに３番がぽつり「俺、土、日またバイト入れようかな」。

2017年6月14日

　　茄子を切る　しやうがなしものは　しやうがなし

　あの口座は解約しろ、定期預金入れてこい、桜の枝払え、メール開設しろ……次から次へ矢継ぎ早にちちおくんは命令してくる。いずれも自分では触らない分野だから結論から言えばいい事ばかりなのだが、こき使われるわたしは面白くない。まだまだ思うようには動けないけど時間はたっぷりある、つまりやつはひま人なので、やらねばならぬことがどんどん思いついてしまうのだろう。今日は本棚に矛先が向く。「『漢和辞典』、４冊も要らんだろ。１冊残して他は捨てろ」と言うのだ。２冊はどうしても捨てられない。ほか１冊は子どもの高校の指定のもので捨てる気にもなるが、もう１冊は小学校の頃から使ってきたやつなので愛着がある。表紙が取れて何度も補修した。線の引き方や書き込みでいつ頃の印かがわかる。引退はしてるがともに戦ってきた戦友なのだ。切ない気持ちでその２冊を捨てた。

　一番うるさい命令は「背中掻いて」だ。どこで何をしていようと呼びつけて「もっと右、ちゃう下。それから左の上の方も」そうやってきびきび命令してるかと思えば次の瞬間も

うくよくよしてる。ベッドに伏せて「今何も喋りたくない、独りにしといて」とくる。放っておくと「もう駄目だー。終わったわー」なんて言っている。もういちいち相手をするのも面倒だ。自然と包丁を持つ手に力が入る。いつもいつもわたしのことを楽天家だ能天気だと非難するけど、も少し気楽にずぼらにいきやしょうや。

2017年6月15日

　　　　汗ばみて　遣ひ了つた　ペン捨てり

　17年前パートの面接に行った時、履歴書の特技の欄に「旧漢字・仮名遣いの文献を読み下す」と書いたら「何の役にも立たないですよね」とばっさりきっぱり言い捨てられた。もう2度と履歴書には書くまいと一人心に誓ったが、旧仮名遣いは未だに思い出しては調べ続けている。例えば「幸い」という語句も「さいはひ」と書く、この同じ音をどのように書き分けるのかを調べているのだ。『い・ひ・ゐ』の書き分けは語の上では『い』中・下では『ひ』。ゐぐさ、ゐのこ、ゐど、あぢさゐ……『ゐ』を使う語については覚えるしかない。漢字も然り、同じ『コウ』という音でも口、後、公は『コウ』劫、怯、業は『コフ・ゴフ』甲、蓋、合は『カフ・ガフ』光、黄、広は『クワウ』交、向、行は『カウ』と表す、こういったあれこれをノートに書き出して分類するのが楽しくて楽しくて仕方ない。しかしちちおくんも「また何の役にも立たんことやっとる」という目で見ているので、ち

ちおくんが寝静まってから『漢和辞典』を開く。女に学問は要らないってか。まるで韓国の歴史ドラマだ。

　ちちおくんは沢山趣味を持っているが、いずれもアウトドア限定だ。ああわたしのインドアな趣味の楽しさを教えて差し上げたいのだが、なかなか興味を持ってもらえない。残念だ。
＃つかひをはつた

2017年6月19日

公園を歩く　魚がまた跳ねた

　ちちおくんの車が車検から帰ってきた。この１週間ちちおくんがわたしの車を使い、わたしはどこへ行くにも自転車だった。米やペットボトル飲料の箱買いをぐらぐらとかごで運ばなくてもよくなったのだ。嬉しい。ちちおくんはわたしに用事を言いつけ、それらをちゃんとこなして帰ると「子どもの成長を見るようだ」と喜んでくれた。それほどわたしはなんかの料金を振り込むとか日常生活のあれこれにドン臭い、要領が悪い。とろい。しかしわたしはわたしで昨日までできなかったのに、食事の後でちちおくんが食器をシンクに運んだり、風呂の後で蓋を閉めたりしている姿を見るにつけ「子どもの成長を見るようだ」とジーンときちゃうのだ。

　夕方二人で並んで公園を歩く。思えばわたしたち夫婦は中

学の初デートから実によく歩いていた。科学館、TV塔、名古屋城、動物園、水族館……。地下鉄に乗った記憶がないほどだ。しかし今は公園の半周850ｍしか歩けないし、とてもゆっくりだ。わたしはついついペースが速くなってしまうので、ちちおくんの後ろを歩いて速さを合わせる。道路に出るといつもの癖でちちおくんが車道側に立つ。わたしも車道側に回るが気づくと彼がまたいつの間にか車道側にいる。外見はよぼよぼのじじいみたいだけど、心はしっかりわたしを守ってくれてるのだ。

2017年 **6**月**20**日

　　　　ル・マン観て　時の経るのを　惜しみけり

　ちちおくんにやにやと「ねえねえ宇宙ゴミって何て呼ぶか知ってる？」むむむ、またわたしの体型をディスる気だな。「デブリでしょ。『宇宙兄弟』でやっとったわ」「そう。あのねえ、サーキットのコース上に散らばるクラッシュごみもデブリって呼ぶんだよ。盲腸みたいに内臓の一部を切除する時もデブリって言うんだって」あら親切に教えてくれたのね。被害妄想でごめんなさい。

　古い友マッちゃんから電話。彼女、４、５年に一度、思い出したかのように突然電話をくれる。「ねえ、暮れに名駅でテルコ見かけたよ。あんたスゴイ痩せちゃって、どうしたの？」「ああ……答え辛いけど、あの頃は50㎏も切ってた

んだよ。そんでやっと標準だったんだろけど、今はあれより10kgほど増えてる」するとマッちゃん、電話なので勿論顔は見えないが、ははぁん、としたり顔で言う。「あんた、不倫したね。そんな痩せ方は九分九厘不倫だよ（ライミングセンス◎）」はぁ⁉　見当違いも甚だしい。ちちおくんの病院に毎日通ってたんだよ。いつ、どのタイミングで不倫なぞできようか。だが意外過ぎて愉快だったので、話を聞く。大きな会社を二つ掛け持ちで社員のカウンセリングをしてる彼女によると、人の倫に外れた罪悪感で痩せてしまうが、一旦関係を清算できるとリバウンドするのですと。無意識のうちに不倫した時の痩せた自分を憎んでいるので、脳が勝手に二度と痩せるまいと指示を出し、太った自分の姿に、これでもう不倫はすまいと安心してるのだという。「まずはあんたが自分自身を許してあげないと。そんで旦那に尽くしてさ、本ばっか読んでないでたまには運動でもしな」と助言までくれた。確かに体重が戻った時に、わたしは安心したのだ。だけど自ら痩せぬよう指示してるのだとしたら、わたしの脳はなんてばかなの？

　適当に返事をして電話を切った後で笑いがこみあげる。10年後くらいにマッちゃんに、ちちおくんの入院のことやジム通いしてることなんか白状しよう。その時に自分のしてきたカウンセリングにいくつか誤りがあったかも、と苦しんでもらおうっと。
＃まじで危機感　　＃いい加減痩せんと

2017年 6月29日

　　　参道の　苗の百合　皆　開きけり

　　　線香の　煙浴びたる　涙目で

　ちちおくんの車、ちちおくんの運転で病院へ。あんなに苦痛だった道のりもドライブ気分だ。到着するとまず採血の順番を取る。七つの採血台で7人の採血職人の流れ作業だ、40分で100人を捌く。更に40分待って血液検査の結果が出てからようやく診察だ。赤血球と血漿板の数値が下がっているので、来週は骨髄を採って検査することになった。その検査の結果如何によって再入院を検討するという運びだ。薬を取りに行ってまた40分待つ。今日は何でも40分だなあ。彼に稲沢の矢合観音に寄って御祈禱を挙げてもらってから帰ろうよと提案される。8時に家を出て診察が終わったのが13時過ぎ、まだ外食もできないのでもうお腹が空き過ぎてわたしは既に不機嫌だ。出店も覗かず彼のペースも忘れてずんずん歩く。御祈禱もノイズみたいで何一つ聴き取れん、雀の大群がうるさい、暑い……文句ばっか言ってたら彼がういろうや草餅を買ってくれた。帰りの車中でそれらをけだもののように貪り、腹が満たされるとけだもののように熟睡した。

　16時近くに家に着いたのだが、ちちおくんはご飯も食べずに横になる。今日の結果はわたしなんかよりずっとショックだったに違いない。しかも長距離の運転で疲れたのだろ

う。ああごめん。了見の狭いツマでホントごめんだよ。
#腹ペコで　　#怒り乍らも　　#二句捻る

2017年6月30日

　　　おバケだね　でかエリンギに　名をつける

　自分自身は何でも食べるから、好き嫌いの多い人は理解できない。折角ちちおくんの友達が『免疫ビタミンLPSレシピ』なる本をプレゼントしてくれたのに、いざ作ってみると、きのこ類の殆どを残すといった体たらくだ。ここんとこずっと彼は熱が出たり体中が痛かったりと調子が悪かったので、今週は水曜しかジムに行けなかった。今日は採血と診察に加えマルク（骨髄採取）とCTもあり、結果来月11日から再入院が決まった。点滴が取れてからこのまま良くなっていくんじゃないかなんて期待しちゃってたから、もう悲しくて悲しくて、帰りの車中何でもいいから何かに怒りをぶつけたくて「じじいがキノコを食べんからじゃ」と当たり散らした。存分に怒って存分に泣いたら気が済んだので、勝手にシャキーラやニッキー・ジャムをかけて歌を歌っていた。「音源は運転手に主導権ルール」があるので怒ってるかなと思いきや「機嫌のいいふりなんかさせて悪いけどな、これからもずっとそうやって歌っとってくれや。そんだけで俺も落ち着くでな」だってさ。ふりなんかじゃねえわハゲ。

　ところで最近はずっとちちおくんのことを「ホネホネじじ

い」と呼んでいる。彼がわたしを「くまごろう」と呼ぶからだ。寝起きにすぐ始動せず足首やふくらはぎのウォームアップをして、数回伸びをしているさまが熊のようだってさ。育てたのはお前じゃボケ。
情緒むちゃくちゃ

　大きくて立派な病院なのに、雨の日などは玄関に「足元にご注意してください」と書かれた看板が登場する。滑らぬようにという配慮であろう、掃除後のトイレでも同じ看板を見かける。「注意する」の尊敬語は「ご注意になる」、謙譲語は「ご注意する」だろう。「足元にご注意ください」と客に呼びかけるなら正しい。だが「ご注意してください」では「足元様に謹んで恭しくご注意を申し上げて下さい」のような謙譲表現になる。この尊敬と謙譲の混同は、多くの人はあまり気に掛けないのかもしれない。しかし病院に理不尽な反感を持ってしまった今は気になって気になって仕方ないのだ。
八つ当たり

2017年 7月1日

　一生持たないつもりだったのに、ちちおくんの再入院が決まってすぐに強制的に携帯電話の契約に行かされ、いよいよわたしも携帯電話を持つことになった。ああいやだいやだ。電話が嫌いなのだ。かかってきたら出ねばならぬといった強迫観念が耐えられない。いつどこにいても常に鎖でつながれているような気がする。

ショップではくださいな、はいどうぞ、という流れとばかり思っていたので、実際に手にするまでの契約に果てしなく時間がかかって、居眠りしてしまうほどだった。帰宅後 UQ モバイルの設定やアプリのインストール、電話帳の作成など、全身にものすごい汗をかきながらぶっとい指で小さな画面にちまちまと文字を打ち込んでいたので、すっかり疲れ果ててしまった。たぶんこいつはキッチンや鞄の中に置き去りにされる時間の方が長いのだろうと案じつつ、やはり持つべきではないのかも、と何度も後悔の念に陥った。

　しかし 19：00 に珍しく子が 3 人とも集まってくれた。皆でキャッキャと写真を撮ったり LINE の家族グループを作ったりした。苦手な文字入力もアルファベットでできるようにしてくれた。もう何年も前から携帯を持つように頼まれていたので、娘たちはわたしの携帯電話所持を格別に喜んでくれた。なにを教わるにも親切だ。1 番は音楽の取り込み方やプレイリストの作り方を教えてくれた。おお！　やったやった。これは嬉しいぞ。音楽を得て初めて、携帯電話を持ってよかった、と思えたのだ。
＃番号はメッセージ欄で　＃誰にも聞かれなかったらどうしよ

2017年 7 月 2 日

　　　　サイダーの　泡より淡き　疲れかな

なんと今日は携帯電話からの投稿でござる。PC で開設した fb を携帯電話に移すのに、3 番の知恵を借りてやっと出来たというわけ。あれこれ書きたいことはあれど、疲れ果ててしまったもんで挫折。皆さまおやすみなさい。

2017年 **7**月**4**日

　　　　ゆふがたの　夢なき眠り　汗みづく

　日曜日は娘が予約してくれた店にステーキのコースを食べに行った。娘の婚約者とホネおくん初めてのご対面だ（わたしはたびたび挨拶程度はしていた）。わたしはデニム、じいは半ズボンという出で立ちなのに、彼氏はスーツにタイで現れた。「本日はお時間を割いて下さり、誠にありがとうございます」「いやいや俺ら堅苦しいの苦手だで。もっと砕けて行こうや」「そう言って戴けると誠にありがたいです」と終始この調子。敬語罰金制にしようかなどと冗談を言いつつも彼が緊張しているのは手に取るようにわかる。彼はとても気働きのする青年だ。実際に育ちがいいし、うちのようなばか一家とは比べられぬほどの高学歴一家だが、優しいとか育ちが良いというよりは営業で培った立ち居振る舞いが染みついているといった感じだった。しかしバイクが趣味という点ではばっちりじいと話があって、バイク関連の話で大いに盛り上がっており、じいにはなかなかの好印象だった様子。めでたしめでたし。

そんで今日の午後、担当医からの電話で、先日の骨髄の検査結果が思いのほか悪く、木曜に入院するように言われた。改めてショックだ。次の日曜には１、３番と外食する約束だったのに、流れてしまった。でも２番の彼氏と会えただけでもよかったと思わなきゃね。気持ちはおろおろするものの、ちゃっかり入院の準備を済ませていたわたしを「オメエってやつは通夜に新札持ってくようなヤラしいやつだな」と罵るホネおくんであった。

　いろいろ反論はあろうが、ちょっと不謹慎なこと言うね。わたしではなくホネホネじじいの言ったことだから広い心で聞き流してね。まおちゃんが息を引き取る間際に「愛してる」と言った件、じじいは無闇に美談にすべきではない、「アイス食べる」と言ったに違いない、と主張してる。じじいが生死の間を彷徨ってる頃の記憶は全くないそうだけど、えらかった、しんどかったという思いだけはある。そんでも自分がこのまま死ぬかもしれん、とは一度も思わなかったんだって。そのとぎれとぎれの記憶でもいつもいつも喉が渇いてて、いつもいつもガリガリ君食いてえと思ってた。だからきっとまおちゃんも最期の言葉なんて意識もなく「アイス食べる」って言ったんだよ、ということらしい。だから何だ、ともどっちでもいいや、とも思うが、一応じじいの主張ということで。気を悪くしたらごめんね。

2017年 **7**月**5**日

真夜中の　雨が思ひ出　連れてくる

　7月8日付ビルボードアルバムチャートを見て驚いた。凡そ30年前に活躍したバンドが名を連ねている。われわれ世代のズバリ青春時代だ。45位スティクスと63位チープ・トリックは新譜（まだ活動してたんかい）。67位ジャーニー、106位トム・ペティ＆ザ・ハートブレイカーズ、182位イーグルス、189位エルトン・ジョンはともにベスト盤。翌週も見るとサウンドトラックのパープル・レイン、U2、フリートウッド・マックは旧盤のリエントリーだ。これは異なこと。懐かしもののヒットする背景は、人気者がカヴァーしたとかスーパーボウルでパフォーマンスした、映画で挿入された、或いはドラマの主題歌、CM曲などが考えられる。推し量るに米国でもわれわれ世代が一番趣味に金を使う。ストリーミングで済ます若者と違い、リアル盤を需める人が多いから、レコード会社もわれわれ世代に媚びるのだろう。

　しかしついついわたしもLP盤を引っ張り出して、U2を聴いてしまったよ。台風なのに。

2017年7月6日

　　梅雨蒸して　気に病むこと　多かりし

　水曜はズンバがある。張り切って早目に家を出て存分に楽しんだのち一旦帰宅、ホネじいの午ご飯を作る。じいが何か頼みごとをする度に娘たちは「それって遺言？」などと混ぜっ返す。短い時間に「入金して」「振込して」「サイダー買ってきて」とパシらせるもんだからわたしもつい「それって遺言？」と聞く。娘にはにこにこ嬉しそうに「ばかやろ」なんて言ってたのに、わたしには「オメぶっ殺すぞ。先に遺言いてえか」と怒ってくる。はいはい御免なさいよ。腹でブーたれながら急いでジムへとんぼ返りしてグループファイトを楽しんだ。帰宅してビックリ、じいは一口もご飯を食べておらず、熱を出して寝ていた。昨日は内心たった４日くらい入院を早めなくたっていいじゃん、なんて思っていた。だがほんの小一時間で急に調子が悪くなって、一日も早く入院せよという状態だったのだ、と知る。

　ところで改めてfb友の皆さまにお願いしたいことがある。明日からまたホネじいの闘病が始まる。わたしはまたこのTLに不安や愚痴をぶちまけてしまうであろう。ホネじいを直接知らない方には不快であろうことは予想に難くない。かつての同僚が義祖父を亡くされた時、コメントのついでにお気を落とされぬようとかなんとか書いてしまった。そしたらすぐに「fbは明るく楽しいことだけを提供する場だから、

マイナスなことは書かないで」とお叱りを受けた。なるほどそういう考えもあろう。いろんな思い、いろんな情緒、いろんな考え方がある。ホネじいがどんな様子かまるで興味ないわって方もおられるだろう。重い暗い話はご免だって思われる方はどうぞ遠慮なく友達削除して下さって構わない。

　ただわたしには皆さまの投稿が必要だ。答えの出ない問いに、まるでハムスターの回し車のような「思考ぐるぐるポケット」に容易に陥ってしまうわたしは、去年の辛かった時期も、皆さまの投稿の明るく楽しい話題に触れることで自分の世界を広げることができたからだ。
本気のお願い

2017年**7**月**7**日

　　　　　はなみずも　涙も涸れた　屁すら出ず

　　　　　　　　　　　　　　　　　　　　＊季語なし
　病院生活も慣れたもので、病室に入るや否やわれわれ二人は黙々と、そしててきぱきと荷物を片付ける。担当医との面談で今回は『急性骨髄性白血病』と病名が変わったのだと告げられる。投薬も抗癌剤も今までより強くなる、改めて移植することは今のところ腎臓・肝臓が弱っていて無理、完治は相当難しい、などなど淡々と説明を受ける。リスクが高いので抗癌剤治療はしないという選択肢もあるがどうするか、と問われてホネホネじい、きっぱりと「毎日こんな不調が続

くくらいなら賭けでもいいから治療したい。元気になって3人の子の結婚式に出たい」と言った。じじいの意志が固いのだ、なんだって従うよ。わたしに異論が挟めようか。

　部屋ではニュースを見てなんてことないいつもの会話。あっという間に面会時間を終える放送が流れる。帰り際、じじい「アイス食べる」とだしぬけに言う。「じゃ急いで買ってくるね。なにがいい？」と聞くと「ばか。もう。鈍いんだな、もうええわ」だって。えっなになにそゆ意味なの？「じゃあわたしもいっぱいいっぱいアイス食べる」「あほかオメ運転中に冬眠すんなよ」

　ひょろ長い彼が何の抵抗もなく毎日のように嫁さまに言ってた言葉とはちょっと違うけど、それをわたしたち夫婦は生まれて初めて言えたのだ。
意味わからん人はどうぞわからんままで

2017年7月9日

空色も　吾のこころも　曇りけり

　眠ってばかりいると、がみがみ叱られてパシラされてる方がましだと思うし、熱を出したり痛がったりで喘いでいると、まだ眠ってばかりいる方がましだと思う。付き添いがわがままでどうすんの?!　それもこれもなにもしてあげられないから。

自分用の本は読んじゃったので、なんでもいいからとにかく活字を読みたいわたし。普段は読むのは早い方だけど、ホネホネじじいの本は全く興味の持てない分野なんで、全然進まないし内容が頭に入ってこない。ねえこれって時間の無駄？
けち山けち子への道は遠し

2017年 **7**月**11**日

スクショ教わった。やってみた。

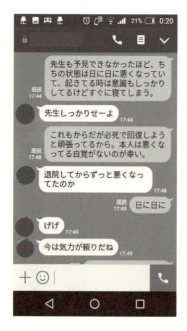
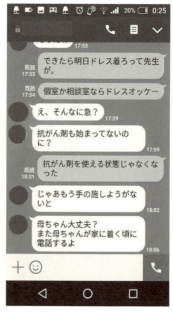

文句あるなら 化けて出ろ

ドレス見せびらかし。

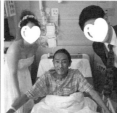

2017年 **7**月**12**日

あるじなし　水出し珈琲　湯冷ましで

バタバタと忙しかったので、スクリーンショットでお茶を濁していたことの顚末。月曜の夕方に担当医から入院以来日に日に体調は後退していると聞かされる。今施されてる肺炎の治療が終わり次第、抗癌剤治療を始める予定だったが、現在は臓器という臓器が交代で炎症を起こしており、もう抗癌

剤自体危険が伴うので実施しない。それでじじいは少しでも回復すべく一日中ぐうぐうと眠っているのだそう。２番がウェディングドレス姿を見てもらいたいので、前撮りをするという体で病院に一番近い写真屋を予約するから、ちちおくんを外出させて欲しい旨問うと「外出はとても無理、火曜から個室に移動するので、一日も早く、できれば明日見せてあげて下さい」との返事だった。それでさすがに今日の明日に準備できんだろと思っていたが、１番と２番、その友２人がネットで調べて電話をかけまくったりした挙句になんとか用意できちゃった。姉弟も２番の彼も写真係の２番友も皆仕事や学校を休んでつき合ってくれた。

　無事にウェディングイベントを終え、２番友が数時間後早速アルバムにしてLINEに送ってくれた。じじい、普段はスナップ写真とか年賀状とかまるで興味を示さないのに、このアルバムを何度も何度もじっくり見ていた。よほど疲れたのか、わたしの帰り際には手も振れないほどうとうとしていたが、起きている時は普段と全く変わらないいつものじじいなんで、どこがどう悪くなってきてるのやらさっぱりわからない。
＃ちちのために沸かした湯を冷まさずともよくなったが
＃つい沸かしてしまう

2017年 **7**月**13**日

　　手を取りて　ゴチ眺めたる　シャツ借りて

　一日のあらかたを眠って過ごすホネおくんだが、毎朝のように「いまどこ？」とLINEしてきて、毎朝のように「遅いじゃん」と言い、毎朝のように「明日はもっとはよ来て」とごねる。7時に家を出てるんだよと反論すると目に涙をいっぱいためて「寂しい」と一言こぼす。晩はいいのに夜中に目が覚めちゃって、寂しくて辛くて堪らないんだって。それで今夜だけ急遽病室に泊まることにしたってわけ。
当然わたしは眠れんわな

2017年 **7**月**15**日

　　挫けるな　トルコギキョウに　背を押され

　いやないやな時期がやってきた。ホネホネくそじじいが我儘おこりんぼイライラ期に突入だ。こちとら既に経験済みだが、思い通りにならない苛々を全部わたしにぶつけてくる。口を開けば毒を吐く。常に常にお腹が痛い、吐き気がする、頭がぼんやりして考えがまとまらない、先行きの不安に襲われると訴える。昨日はわたしが暴力団に騙されて大量の大麻を買って警察に追われているといった妄想に怯えていた。「もしそれが現実だとしたら、父ちゃんはこの仕切られた箱

の中にいて、どこから、誰からその情報を得たの？」と理屈で諭す。じじいはいつもわたしが人に騙されるものと思い込み、案じているのだろう。

　そんな不安を少しでも解消できたら、と昨夜は泊まって一緒に過ごすことにした。やつは睡眠導入剤で21時から0時まで熟睡だ。寝つきの悪いわたしが0時ごろうとうとしかけるとじじい起きて「背中掻いて」「ジュース注いで」「ゼノール塗って」とこき使う。「あかんまるで眠れんのだ」と部屋をうろうろするのでわたしも付き合って窓から夜景を眺める。どうやら3時間眠った実感はないらしい。大昔子どもにしたように『桃太郎脚色30分バージョン』も試みる。白々と夜が明ける頃、やつは爆睡モードに入ったが、わたしは全く眠れず。昼間寝てばっかおるから夜中に眠れないのだろうか。看護師に相談しても、回復のためだから時間にかかわらず、眠れるときに眠らせるべしと言われるのみ。

　ピ◯ゴの開店時にコインパーキングからピ◯ゴ駐車場に車を移す。その際突然の土砂降りに遭う。じじいの寝間着とパンツを借り、服が乾くまで患者然として病棟をうろつく。折角晩に1番と3番が来てくれたのに、ついにじじいと些細なことから喧嘩腰で衝突する。そのせいでピ◯ゴの閉店に間に合わず、車を置いたまま3人でJRで帰ることになった。『一緒にご飯行こう』も流れてしまい、がっかりのまま惨憺たる一日を終えた。

2017年 **7月16日**

　　　　己の非力　８階の窓　蜻蛉飛ぶ

　もう何日も咀嚼してないちちおくん、口にするのはジュースやお茶のみだ。体重が増えてきたと喜んだのも束の間、お腹だけが膨らんでかちかちになってしまった。一日の殆どを眠ってばかりいるが、トイレの時だけ起き上がる。その際思うようにならず些細なことにも苛立って怒鳴りまくる。普段が穏やかで優しい人だけに、何もできないわたしは傍らにいることさえ辛い。

　そんな彼が最近よく寝言を言っている。アライメント２件15時までに上げろとか奥のピット空けとけよといったこと。朝方など寝ぼけて、わたしに向かって「君はこういう仕事は初めてかもしれんが、どんな仕事だって挨拶は大事だぞ。自分の担当じゃなくても客には元気に声をかけろ」と言ってきた。元気よく返事をしたものの、せっかく晴れてプーになれたのに夢の中で仕事のことばっか考えとるのだなと気づいて切なくなった。

 # 蜻蛉の目的は何？

2017年 7月17日

　　そっと嗅ぐ　頭皮の匂い　何度でも

夢のはなし。

　亀崎県社で警察官に止められて駐車場に誘導される。気づけば既に10人ほどが呼気検査を受けたり、なんの検査やら両の手をつないでぶるぶる振られたりしている。あれこの顔どっかで見たぞ。ああMAKIDAIだ。助手席に置いた榊原郁恵のLPをやつに没収されたところで目が覚めた。現実世界ではちちおくんが背中をひどく痛がっており、叫びながらもんどりうっている。看護師に痛み止めの点滴の速度を上げてもらい、2時間ほど撫でたり摩ったりしてようやく寝付く。わたしはもう一度夢に戻るも時既に遅し、立ち話をしてた4人が「サツはもう行っちゃったよ」と教えてくれる。ふと見ると一人はビーサンを履いている。「よくそこ咎められなんだな」と聞くと「俺土禁にしとるでよ、助手席に置いといたエア・ジョーダン没収された」と言う。それに比べたらLPなぞ諦めがつくわ、と改めて深く眠ったってわけ。
＃体臭はほぼなし　　＃懐かしい匂い

2017年 **7**月**22**日

　　朝は来ぬ　泣くも笑うも　眩しけり

　16日日曜は朝8時に病院に着いた。4、5日泊まり込むつもりで下着や靴下・服の着替えをしこたま持っていった。朝はちちも機嫌よくふざけた話をしてた。眠って、起きて、痛がって。ここ数日のパターンだ。半年ほどは入院になるかな。退院してももう働けないかもな、なんて思っていた。17日朝、9時頃までは自分でトイレに立ったりしていたのに、突然呼吸が激しくなり、呼吸器をつけられ、強いモルヒネも効かなくなった。午後からは問いかけにも応えられなくなった。7月17日14時48分ちちおくんは息をするのを止めた。近しい9人に見守られて亡くなった。苦しんで苦しんで苦しんだ挙句息を引き取ったので、悲しかったけど「よく頑張ってくれたね、アリガトね」って気持ちの方が強かった。18、19日身内だけで通夜、告別式を無事済ませてちちおくんは家に帰ってきた。

　仕事人間で友と飲み歩くこともなく、毎日まっすぐ家に帰ってきた。前日に仕事の段取りをするため、週に一度の休みも職場に走ったりしていた。ねえちち、幸せだった？　何度も心で問いかけた。家族で遺影を選ぼうとアルバムを開いた。毎年夏には海だ山だキャンプだと、冬にはスキー、スケート、スノボだと、実にまめに連れてってくれた。写真の中のちちはいつも楽しそうに笑ってる。そうかちちがあんな

に仕事熱心だったのも、全て家族のためだったんだ。休みの度に家族と過ごして、ちちはきっと幸せだったに違いない（と思いたい）。

　皆さんに宿題ね。これを読んだら24時間以内に大切な人に「愛してる」と言って。
＃遺影でイェ〜イ

静かな夜　寝汗をかきて　目が覚める

　ちょっと気持ち悪い話ね。わたし、ちちおくんが亡くなる朝に、呑気な夢を見ていたのね。夢の中で警官と運転手が手をつなぎ、なんだか特徴の強いヘンな動きでぶるぶると振っていた場面があった。そんなことも忘れていたのだが、19日納棺士の方がちちおくんの手を取り硬直を和らげるのに夢と全く同じ動きをしていて、心底ぞっとしちゃったわ。これも正夢の一種？
気持ち悪い話でホントごめん

2017年 **7**月**26**日

　　君を恋ふ　悔ひ多くして　蟬の鳴く

　大昔から歯が弱い。歯が浮くなんて、ティーネイ時から経験済みのおませさんだ。ちちを失ってからずっと歯が浮いていたのだが、週末堪らなく痛くなってきて、月曜にやっと歯医者に行った。痛みそのものは細菌を殺す薬を服むことで治っていくらしいが、他にも虫歯やらなんやら治療を要するところが多々あり、長期戦になりそうだ。そらそうだわな、一年以上歯医者に行ってない。メンテすらできてない。自分のことなど後回しだったからな。

　火曜、熱が出た。鼻の下が腫れてきて、正司花江のような

サル顔だ。外出する用が多く、市役所行って帰って眠り、銀行行って帰って眠り、法務局行って帰って眠った。一日中とろとろと眠って蝉の鳴くのを聞いてああ夏休みだな、と思った。夜は１番が来てくれた。子らは頻繁にLINEくれるし、昨夜は久々に深く眠った。幸せだなあ、と思う。なんとか、こうして、生きていくしかないのだ。

　　円く濃き　石榴の影に　涙落つ

　一生持たないつもりだった携帯電話も慣れてしまえば便利なことこの上なく、結果ちちおくんを看取る際も僅かな変化で家族を集めることができたわけだし、グループLINEで家族に一括で「印鑑証明取れ」などと知らせることもできる。一番の余得は眠れない夜に付き合ってくれる友を得たこととか、インスタに上げられたわんこの写真を眺めたりして長い夜を凌げることだ。今は友の元気な姿を見たらわたしも元気になれるはず、と頭ではわかっているのに、顔も腫れてるし、だるいし、外に出たくないなぁとうだうだ。しかし大好きなあおい先生のズンバ、今日で代行最後だわ。なにがなんでも行かねば、と重い腰を上げた。２週ぶりの友の顔、顔……。ああやっぱり来てよかった。しかし駄目だ駄目だ今日で最後なんて寂し過ぎる。あおい先生の追っかけ、コバンザメみたいなひょろ長い彼も今日で最後だ、寂しいな。べそべそと甘えてまんまとあおい先生と２ショット写真を撮ってもらうつもりでいたのに、肝心な時に携帯電話を忘れてしまった。ああテルコのバカバカ。ちちおくんが作った不携帯罰金

箱、復活の兆し。しかしひょろ長い彼に写真を撮ってもらえた。コバンザメなんて言って悪かったよ。嬉しいな嬉しいな。この写真は家宝にしよう。

　もう２時間目に急いで帰って、ちちおくんに午ご飯を作らずともよいのだ。清々してる筈なのに、妙に寂しい。３本レッスンを受けて、グループファイトのラスト、クールダウンの曲がリンキン・パークの『イン・ジ・エンド』だった。チェスター・ベニントン自殺しちゃったなあ。いかんいかんまた泣けてきた。ばかになった涙腺を持て余しながら、めそめそと帰り、めそめそと歯医者に行き、めそめそと晩御飯を作ったのであった。

2017年 **7**月27日

　　　　牡丹散り　風の音聞こゆごと静か

　先週病院に依頼した書類は来週取りに行くことになっていた。しかし別の入院証明書が要るということで、また申請だけのために病院へ出向いた。これくらい電話やネットで片づけられたらいいのに、窓口まで行かねばならぬ。しかもちちおくんが生まれてから死ぬまでの戸籍が全部要るので、病院の帰りに熱田区役所にも寄った。ちちおくん、名古屋で生まれて数週間名古屋で育ったらしい。しかし正しい住所と本籍地、筆頭者などを改めて地元市役所で調べねばならないそうで、かくしてわたしの冒険ドライブは徒労に終わった。「無

駄足踏んだな、ばかやろ」って声が聞こえてきそうだ。でもダメダメなテルコがちょっとずつでものそのそと動いてるとこは褒めてくれるんじゃないかな。

　同じジムのバボちゃんが「旦那が死んでから２年くらい、近くにいる気配をずっと感じてた」と以前言っておった。それなら当然わたしにもそんな感じあるかもって期待してたんだけど、全くないのだわこれが。いつもどこにいても一人だな寂しいな、としか思えない。家族や友達といたら泣かずに済むので、いろんな人がエライねタフだねと褒めそやしてくれる。しかし実情はてんでダメダメだ。実は喪主も長女が務めた。病院から遺体を家に運ぶだけでわたしは泣いて吐いて気絶して……とやりたい放題だったので、家族親族一同からあいつには喪主やらせん方が無難だと判断された。そんでみっともないやら情けないやら葬儀でもわたしは泣いて吐いて気絶しての狼藉を繰り返した。

　車の中が一番危険だ。密室であるという安心感も手伝って、車ではほぼ泣いている。だから病院まで走るなんてのはあれこれ思い出すから一番辛い。ちちおくんが近くにいてくれるのならこんなに泣かずとも済むのに。ありゃわたしったらまたちちおくんのせいにしてる。
だからそんちこんなわたしを褒めないで

> 文句あるなら 化けて出ろ

2017年 **7**月**28**日

　　　鱧鍋や　　去る者日々に　　愛しけり

　27日木曜に数人の友と黒川「ほしの」に集合した。この店の大将の拘りは半端なものではなく、この暑いのに何故に鍋？　と思いつつ食べた鱧鍋は鱧のつくねも入っており、皆の箸がどんどん進んだ。刺身もでかピーマンも炊き込みご飯も美味しかったが、胡麻油で和えた鯵は特に美味しかった。梅酒もロックで2.5杯（3杯めはお店が切らしてしまったらしい）も飲んだ。なにを食べても何を飲んでも、ちちおくんのことばかり考えていた。

　突然ピュアな彼からの苦言。遺影でイェ〜イは不謹慎、亡くなったその週のうちにダンスのWSに出掛けるなど言語道断、四十九日も済んでないのに、友達と飲みに家を出るなんて非常識だろと叱られた。タケヨシは絶対怒ってる、絶対そんなの望んじゃいない、と言われた。そう。ホントにその通りなの。ちちおくんと幼馴染のピュアな彼はわたしよりもずっとちちおくんをよく知っているから、言わずにおれなかったのもよおくわかる。でも彼は知らない。わたしたち遺された家族がどうにも遣る瀬無いぎりぎりに張り詰めた感情を、みんなでしっかりと手を繋ぎ合い、ちちおくんの間抜け話などして笑い合うことでやっとなんとか過ごせたことを知らないのだ。笑顔でいなければ正気を保っていられないほど、みな悲しみに押し潰されそうになっていたからだ。ちち

おくんは怒ってるだろうよ。でも呆れてる。しょうがねえな、おめえらいい加減にせえよ、って笑ってる。そう思う。

2017年 **7月29日**

「ここ数年筋肉痛がないのよ」
「そらそうだろ、おめえは無理しとるつもりでもよ、体の方が慣れてきとるもんで、知らんうちに勝手に限界を作って、限界を超えんように無意識のうちにセーブしとるんだがや。最後の筋肉痛、いつだ？」
「店の床掃除のとき」
「ほれ見ろ。限界が作れんもんやせにゃならんもんはちゃんと筋肉が無理するんだて。今まではおめえのレベルに合わせて山歩きしとったけど、元気になったら俺の行きたい山を選ぶでな」

　終始痛がってたちちおくんと交わした最後の会話らしい会話。亡くなる前の晩だった。

2017年 **8月2日**

　　　　姿なき　　ヒアリの如く　　蝕むる

「ちちおくんのいない生活」というものに慣れる日は果たして来るのだろうか。入院が長かったから、まだ彼はあの病棟

にいてぽつんと一人TVを見ているような気がする。『ZIP!』で小涌谷特集やってて「わあここ楽しかったな、ちちおくんも見てるかな」とついLINEしそうになって、改めて「ああそういえばやつはもうおらんのだった」と切なくなる、そんなことの繰り返しだ。

　まだまだやらないかんことが山ほどあるけど、なるべくいつもと同じことがしたい。お弁当やご飯作って、食器洗って、洗濯物干して……。でもなかなかジムに足が向かなかった。ダンスのWSに行けたのは知らん人ばっかだもんで、誰にもちちおくんのことを報告せずに済むという気楽さがあったからだ。いつものクラブではちちおくんの入院で7月休んでることも結構知られている。彼のことを心配してくれてた人になんて言えばいいのかわからんかった。26日、あおい先生の代行最後の日なので、思い切って行ってみた。すると心を許した友達が何も言わずにハグしてくれたり「眠れない日はLINEつき合うよ」と申し出てくれたり、いつも通りTRXで扱いてくれたりして嬉しかった（マゾヒズムでは決してない）。ああやっぱり友はいいな、会えてよかったと思ったが、のちに結構人の多い脱衣場で挨拶しか交わしたことのないような人に「この度はご愁傷さまでした」と突然言われ、やや面食らった。確かに善意から出た言葉であろうが、周りのその他大勢に「誰が死んだの」と好奇の目で見られる結果となったからだ。

　そんなわけで、ジムは週に1、2回、夜に行くことにした。夜は昼とはまるでメンバーが違うので、打ち解けて話す

人もいない。そしたら月曜ズンバが代行のひっきー先生だった。ひっきー先生は一度だけ、名古屋の筋肉祭に参加した時にIRをされてた方で、むっちゃパワフル、むっちゃ楽しいクラスだった。先生、いい匂いするし、降って湧いたお得に気をよくして存分に踊り狂った31日であった。

2017年8月4日

　　　玉葱や　いつそ記憶を　喪くせたら

　けち山けち子のけちけち話。朝自転車で郵便物を投函してたら女の人が寄ってきて「煙草代くらいなんとかなりませんかね」と話しかけてくる。「わたくしに煙草を買えと仰っているのですか？」「駄目なら100円でいいんで」な、何？　市内で一番ビンボーなわたしに金の無心とはいい度胸だぜ。わたしは「働け」と言い捨てて猛ダッシュで逃げた。

　午まえちちおくんの病院に依頼しておいた書面を取りに行くと、支払いのためだけに一生診てもらうことなどないであろうこの病院の診察券を作らねばならず、その診察券を作るのに600円也、病院側が待たせたにもかかわらず、駐車場代が400円もかかった。書面代7560円よりもこの1000円が悔しい。市内で一番ビンボーなわたしから金をむしり取るとはいい度胸だぜ。そしてまた帰りに熱田区役所に寄って前回のリベンジ。義父母に聞き込みをしてきたもんね。彼らも思い出せない部分は義父の兄弟に電話をかけまくって調べたもん

ね。しかし該当者なし、と戸籍は出してもらえなんだ。ど、ど、どゆこと？　その足で地元市役所に行き、義父の戸籍を出してもらう。なんと住所が義父の実家になっておった。結婚を機に家を出た筈なのに。こうして２回目の区役所アタックも徒労に終わった。

　夕方ちちおくんの会社の社長が退職金を小切手にして持ってきてくれた。ちちおくん入院前に額面を聞いて「俺の30年ってこれっぽっちの価値しかねえのかよ」と泣いていたのを思い出す。ちちの無念は分かるけど、わたしには大切なお金だからね。大切に使うからね、安心して眠ってね。
ナメられ顔ゆえの苦難

2017年8月9日

　　　真夜中に　嗚咽殺して　風呂浴びる

　誰がキョーミあんねんフィットネス馬鹿のスイミング日記だ。

　自分がいかに井の中の蛙であったか、世の中には複数のスポーツクラブを掛け持ちして毎日好きなIRのレッスンを追っかけてる人が何人も存在することを知った昨今、１カ月振りにプールに出向いておきながら自らをフィットネス馬鹿などと称しているのが恥ずかしくなる。

さて今日こそは火曜アクアに出ねば、と自分を奮い立たせてきた。どんなに沈んだ時も吉田先生に会いさえすれば元気になれるからだ。1番にプールになだれ込み、アクア開始までの1時間を存分に泳ごう作戦だったが、なんと5コースのうち4コースが子ども水泳教室に割かれており、なんとも肩身が狭い。泳ぎなんて忘れることはないと高を括っていたが、なんだか一掻き毎に水の重さが変わるようなヘンな感じ。子どもコースから不規則な波が立つからだろうか、それともわたしのフォームが安定してないからだろうか、普段よりかなり消耗を感じながら泳いだ。

　10分も泳がぬうちに背泳ぎシスターズ（仮名）がやってきた。この二人はどんなに混雑していようとかなりの頻度で背泳ぎを入れてくる。その背泳ぎが歩くより遅い、潰滅的な渋滞を引き起こす原因になるのだ。しかも決して譲らない。遅い人は端で一旦止まって次の人に先に行ってもらうのが常だが、この二人は待ってくれないのだ。既に5人が巻き込まれ、あっちでもこっちでも立ち止まったり、端で休んだりして機を窺っていた。そうこうしているうちに子どもコースのうち2コースが開放され、数人が散らばった。するとシスターズがわたしに「私達二人でここ使うであんた3コースに行きん」と言ってきた。ごめんねでもお願いでもなく、命令である。なんともとほほな気分で50分ほど泳ぎ、その反動か、アクアは存分に楽しめたのは言うまでもない。

　午後はJRで熱田区役所に行き、ちちおくん出生時の戸籍を取った。ものの5分でミッションコンプリートだ。一つ一

つ片付いていくたびにちちおくんが離れていくようで、なんとも寂しく思える。

2017年8月20日

　　寝苦しや　二人のをとこに　挟まれり

　お仏壇がやって来た ヤア！ ヤア！ ヤア！ むっちゃお仏壇の匂いする。お仏壇の匂いとしか言えない匂い。しかしこれはまだ空き家であり、和っさんがお経をあげて精を入れて初めてちちおくんの家になる。

　先日の戸籍の旅の顛末。14日、再び西尾に行く旨を子に告げ「行きたくない」とゴネていたら１番が「乗せてってあげる」と申し出てくれ、更に３番もついて来てくれた。結果はまた空振り。西尾に住んでた時も本籍は今住んでいる市にあったので、本籍さえ動かねば戸籍を取る必要はないとのこと。なんだってそれを戸籍取りビギナーと知ってて教えてくれなかったのか、市役所に改めて怒りが湧く。でも３人で巡る西尾思い出探訪ツアーは楽しかった。アパートや保育園、小学校、スイミング……懐かしかった。嫌いだったストアは潰れてた。もう何十年も住人の変わってない近所のマンションでは１階の住人が庭に思い思いにトウモロコシやゴーヤを育てていて、相変わらずめちゃくちゃだった。なにを見ても大笑いで思い出を語り合えた。

翌15日遺産分割協議書の作成を頼みに司法書士を訪ねた。彼曰く戸籍を全て集めるのは彼の仕事、わたしの集めた戸籍は完璧であり、しかも料金は割引されることもないんだって。ここへきて徒労感凄いわ。

　17日、住宅ローン関連の手続きに銀行へ行くと、独自の死亡診断書が要るとのこと、また病院に行かねばならず「行きたくない」とゴネていたら３番が乗せてってくれた。ちちとの思い出話も笑ってできる。家族っていいな、家族って有難い、としみじみ思えた１週間だった。
＃寝返りうつと　＃３番が寝てる

2017年9月3日

　　　鶏鳴に　あばらの痛し　泣いてをり

　うふふ父ちゃんたら変な恰好。水色のベレー帽に水色の半ズボン、白いシャツに青いチョッキ着てる。「日本人ドライバーが表彰台に乗ると、すぐレギュレーションが変えられちまうでよぉ」なんて話してる。わたし好きなCDで鼻歌、いつもの風景だ。料金所で硬貨を渡す。父ちゃん「サンキュ」って受け取る。なぜかわたしだけ車から降りる。「帰る頃電話して」って言おうとするが声が出ない。窓をコンコン叩いて電話のジェスチャーをする。父ちゃん笑って小さく手を振る。車が行ってしまってから気づく、ありゃ、父ちゃんたらジムカーナ用のハチロク改造車に乗っちゃって（内装

は普通だった)。どっかで捕まらなきゃいいけど。

　ちちおくんがいなくなってから初めて彼の夢を見た。他の家族にはもっと早くから夢に登場し、それとなくメッセージを伝えていったと聞いて、なんでわたしだけ夢を見ないのだろう、と焦っていたのだ。

　今日四十九日の法要を終えた。ちちおくん、わたしにホントのお別れを告げたのだ。

2017年**9**月**4**日

　　寂しくて　寂しいとしか　言えなくて

　死んだら無だとおもっている。「魂がいつも傍にいて、てるちゃんのこと見守ってるよきっと」そう言ってくれる気持ちは嬉しいが、あり得ないだろ。眠って、起きて、食べて、歩いて、考えるのが魂だ。死んだら生きてる者に何の影響も与えることはできん。今生きてる人より死んだ人の方が圧倒的に多い。目に見えない霊がふわふわ飛んどるとしたら、世の中は霊だらけだ。あんなに苦しんで死んだのに、死んでなおテルコが寝坊してる姿にイライラしたり、テルコが踊り狂ってて傷ついたり、テルコがめそめそしてて気を揉んだりしていては割に合わん。ちちはおらんのだ。もうどこにもおらん。こんな寂しいの、やだわ。なんでちちは死ななあかんかったんだろ。なんでわたしは生かされてるんだろ。死にた

い。死んでしまいたい。そう毎日何度も何度も考える。

　ズンバのイベント『カリエンテ』に誘われたときは、大好きなあおい先生に近づくチャンスだし、ちちの入院が長くなりそうだし、いい気分転換になるだろうと、一も二もなく飛びついた。でもちち死んじゃったしな。出場を迷ったが、わたしはカリエンテにしがみついた。チームのメンバーとして形だけでも必要とされることで、わたしの生きる意味を持ちたかった。あんなに嫌だった車の運転も圧してあちこちの練習会場に出向く。あんなに苦しんでた方向音痴も皮肉なことにあんなに持ちたくなかった携帯電話を使って克服する。踊ってる時だけは無になれる（気がする）。今ではチームのみんなが大好きだ。でもちくりと罪悪感が疼く。チームのみんなは少しでもチームを、イベントをよいものにしようと一生懸命なのに、わたしだけ自分のことしか考えてないからだ。

　昨日までは七日七日のお経を中心に生活が回っていた感じだが、今日からはカリエンテに没頭しようと思ってる。ああカリエンテが終わったら、今度こそ生き甲斐が無くなって茫漠と寂しさに暮れて塞ぎ込んでしまいそうで、ちょっと怖い。

2017年9月16日

　　　　肌寒き　夢でわたしを　責むる朝

　乗る駅も降りる駅も違った高校時代のわたしとちちおくんは、偶然同じ電車に乗り合わせるとそれとなく目配せをして、わたしが一駅前で降り、一緒に帰った。彼の自転車の後輪を支えるビスが長く、そこに足を乗せて後輪に跨る形で立って二人乗りをしたものだが、セーラー服ではスカートが汚れてしまうので、彼が自転車を引いて並んで歩いた。何のことはない、わたしの家まで送ってくれるだけなのだが、無口な彼とただ押し黙って歩くだけのその時間が当時のわたしにはたまらなく楽しいものだった。そのころの夢を見た。ふたつの小学校をつなぐ田んぼ道をただ並んで歩いているのだ。

　中学一年からの付き合いだ。長かったぶんだけ、思い出も重くなっちゃったみたい。

　彼の愛車、フィッシャーのバイク（自転車もこう呼んでた）はサドル・ハンドル・ペダル・グリップ・チェーン……あらゆるところが改造してある。雨が続くとバイクに雑巾を干す。そんな日に限って夢を見るものだから、こりゃ草葉の陰で怒っているということかな。

2017年10月3日

　　生き写し　息子の寝言に　跳ね起きつ

　近しい友人が「てるちゃん最近笑顔が増えてきたね」と言ってくれて大いに驚いた。自分では以前と変わらずいつも笑っているつもりだったのだ。駄目だなまだまだ修行が足らんよ。とほほではあるが、前向きになってる自分を認めてやろう、そう思っていた。

　先週やっとちちおくんの持っていた株やファンドをすべて売却することができた。きっと彼はわたしが勉強して継続して運用することを望んでいたのだろうが、とてもじゃないが無理だ。PCを前に電話で一件ずつ説明を受けながら操作すること40分、証券会社のお姉さん優しい方でよかった。クレジットカードは6000ポイントが失効、携帯電話は違約金が10000円、誰も好きで死んだわけじゃないのに、理不尽。ちちおくん、実は7月の入院前にトイレに携帯電話を落として、買い替えている。水没ならぬ便没だ。おろおろと立ち尽くす彼を押しのけてゴム手袋で取り出したが、携帯電話は逝去、ちーん。写真含む5年分ほどのあらゆるデータを失って泣くに泣けないという一幕があったのだ。十数日しか使っていないまだ新しい彼の携帯電話は2番が使うことになった。しかし2番「やっぱりこれは使えない」と言って見せてくれた。彼の2代前の携帯電話から移したデータ、子どもとのショートメールが入ってた。2010年からのものだ。殆ど

が「なん時頃帰る？」「めし要る？」「今どこにおる？」「迎え要る？」といった内容だった。一枚だけ保存されてる写真はグーグルマップで撮られた我が家の外観だった。長い入院生活で、彼がどんなふうに長い夜を過ごしていたのだろうと思うと涙が止まらなくなった。

　今朝は久し振りにざびざびと泣いてしまったというわけだ。

2017年10月11日

　　すすき原　一条の風に　波打てり

　2番が旅に誘ってくれた。ちちおくんの身辺整理を終えたので労ってくれたのだ。行程も宿も全て手配、運転も彼女がしてくれて、わたしは負んぶに抱っこの呑気旅だ。ちちおくんと同じく2番も美術に興味はなく、一館だけならと許可を得て安曇野ちひろ美術館へ行く。多くの原画を眺め、併設されたイブ・スパング・オルセン展も見る。外のテラスでお茶を楽しみ、広い公園を散策した。トットちゃん広場には電車学校の展示もあり、面白かった。

　険しく細いカーブをいくつもうねうねとのぼり、やっと標高2000ｍの宿に着く。宿の近くの山林を散策するが、すれ違う人が皆がちがちの登山スタイルで気後れする。部屋からは街の灯りが遠くに見えてうつくしい。食事や風呂を楽しみ

部屋に戻ると、窓のすぐ外まで霧が立ち籠め、街の灯りが全く見えず。まるで滅びの呪文で街が一つ消滅したようだ。星も全く見えず、下手くそ同士でまるで続かない卓球して過ごす。夜中3時頃目が覚めてふと見ると雲も霧もなく降るような星空だ。大熊座なんか北斗八星だし、オリオン座のベルトの下に縦に並ぶ三つの星の周りに5、6もの星が見え、どれが本物かわからない。街の灯りもきらきら。よかった、街は滅んではいなかった。

　朝6時に起きてびっくり、窓の外はびっしりと雲海しか見えず、感激。風呂や朝食を済ませ、9時半にチェックアウトしたが、雲海は全然消えず。山道を下りながら雲海がだんだん近づくのを眺めていたら、いつの間にか雲の下まで降りてしまっていた。次に娘は『高ボッチ高原』に連れて行ってくれた。そこは芒の名所だそうで、見渡す限りの芒野原だった。赤蜻蛉がうるさいほどわんわん飛んでて、頭や肩に止まるのが面白かった。「父ちゃんとは歩き回る旅ばっかだっただろうから、わたしはカアに絶景をプレゼントしたかったんだ」と嬉しい言葉。帰りに土岐アウトレットで食事して買い物もして、大満足で家路に就いた。

　ちち、娘はこんなに優しい子に育ったよ。幸せをかみしめ、娘にもちちにも感謝したテルコであった。

捨てかねし　ストールにほつれ　ありにけり

　先日ちょっと足を延ばして外資系のスーパーへ行った時のこと、あれも安い、これも……とつい買いこんでカートからじかに車に積もうと駐車場に出てはっとした。あらやだわたし自転車で来たんだった。この大荷物、どうしましょう。袋菓子6つは裸でかごに入れ、その上にエコバッグを載せ、入るものはハンドバッグにもぎゅうぎゅう詰めて、さああとカップ麺2個だけがどうしてもどこにも入らない。困ったわたしは上着の下にそれらを入れて、裾から落ちぬようストールをきつく腰に巻き付け、まるで巨乳の人であるかのようにすまして自転車を走らせたのであった。

2017年11月28日

　　　掘り炬燵　足許そっと　寄せてみる

　ダンサー森君の夢を見た。実際はどこに存在するかも知らない『フクロウ神社』に出掛け、森君にダンスをねだった。途端に人だかりができ、ダンスもとても素晴らしかった。オーディエンスの中に彼の師匠りきさんがいて、突然人前で彼をけなし始めた。森君がしょんぼりしてるのが耐えられず、思わず「森くーん、カッコいいよー」と叫んだ。

りきさんがすかさず「岐阜からはるばるお母さんが応援に来てくれてます」と混ぜっ返した。隣にいたちちおくんが「やっちまったね。オメエ全然フォローになってない」と笑った。

　目覚めてからやだやだわたしっったらちちおくんが隣にいたのに、憧れのダンサーたちに夢中になるあまり、ちちおくんのことを蔑ろにしてしまったのだ、と気付いた。ああバカバカ、ちちおくんに会えたら話したいこといっぱいいっぱいあるのに、なんて失態。

　夢で逢えたら、と強く願うせいか、たびたび彼の夢を見るようになった。場面はなんてことないいつもの風景で炬燵に顔を伏せながら「晩何食べたい？」「シチュウ」といったような会話をするだけだ。先日はちちおくんに向かって「３番ってば戴きもののロールケーキ、お仏壇に供えようと思ったのに、すぐに切っちゃったんだよ」と訴えると、彼は笑って「その切り身ちゃんを皿に載せて一瞬供えてから食えばいいじゃん」と答えた。目覚めてからなんてシュールな夢かとちょっと笑ってちょっと寂しかった。

2017年12月10日

　　　ツリー建て　水着並びたる　ジムの朝
　我が家には接待アイスというものがある。ある日３番が冷

凍庫からアイスを出したとき、ついわたしが「あっそれは食べないで」と言ってしまった。３番はすぐにそれを２番のために買い置いたものと見て取った。それ以来娘たちの好きなものを見つけると、３番がいちいち「接待カラムーチョ」「接待フラン」と命名してくる。確かに娘たちが家に来ると嬉しくてつい彼女らの好きなものを買い置いてしまう。少しでも喜んでもらえるようあれこれ奮発してしまうのだ。しかし何の準備もない時に２番が旦那の出張だから、と泊まったりする。晩ご飯の用意が済んでいても「どうしてもどうしてもカレーうどんが食べたい」と言われるとほいほい作る。

「今日寄るわ」と２番からLINEきた。こないだキムチ食べたいって言ってたっけ。夕餉の支度は終えたけど、急いでスーパーに走る。すると２番「服取りに来ただけだから、めし要らんよ。キムチのブームも去ったから要らん」と冷たい返事。「徒労キムチ」と新たな命名。それでもそれでもははは走ってしまうのよ。

　市内赤レンガ建物に出掛けてステンドグラス展を見てきた。fbで拝見した友達のウェルカム・ボードも出品されていた。ステンドグラス自体オールシーズン楽しめるはずなのになぜかクリスマス気分が高まる。

2017年12月20日

　　　足温め　Red Hotsの　切なさよ

　誰も見たかないだろうが「足パック」だ。秋口にやっておくとあら不思議、冬になってもコチコチ踵の皹やあかぎれに悩まずに済むのだよ。今年は実施が遅すぎたからどうかしらん。

　たぶん男子は死んでしまいたいと思うとご飯も喉を通らなかったり、外にも出たくなかったりするのだろうけど、女子はどんなに落ち込んでも打ちひしがれても、足パックはするし、晩御飯の献立も考えるし、見たい映画の録画予約もする。『明日のために』ができてしまうのだ。そこが男子には理解されないのかも。あっわたしだけだったらごめんなさいだけど。

2017年12月20日

　　　上等だ　文句あるなら　化けて出ろ

　一昨年の暮れにPCが初期化されてしまい、住所録を含むあらゆるデータを失った。デザインソフトも無くなったので純正のペイントソフトを使用して喪中欠礼葉書を作った。悲しいお報せだから、ちょっとでも笑ってもらえたらいいな、

と思い、この写真を選んだ。このペイントソフトは使いづらいことこの上なく、おまけに宛名を百余件筆ペンで手書きだ。一人ひとりに余白にメッセージを書きながら、まためそめそだ。よってfb友の皆さんには送付せず画面上にて失礼させていただくね。そしてもう年賀状もこれきりにしようと考えている。たぶんわたしは一生新年を喜ぶ気持ちにはなれないから。

喪中につき新年のご挨拶を遠慮させていただきます
最愛の夫　　が 2017年7月17日 55歳にて永眠いたしました
時節柄ご自愛のほどお祈り申し上げるとともに
新しく迎える年が楽しく悔いなき日々になりますよう
お祈り申し上げます

2017年末

文句あるなら 化けて出ろ

2017年12月23日

変な夢見た。

　ロシア男子が家に来た。彼は津々浦々を行脚しつつ出会った人と触れ合い励ますという全国的著名人（夢の中では）。わたし「父ちゃん、あなたの猛烈なファンだったのに、どうして１年前に来てくれなかったの？」と詰る。彼はわたしをハグしてくれたりお仏壇に線香あげてくれたり終始優しかったのだが、例の喪中欠礼はがきを見せたら態度が豹変して「これはないわ。これはいかん。先方に失礼だわ」と非難してくる。もうこの辺でわたしむかむかしてる。ロシア男子の噂を聞きつけた同級生のともケツが「俺高校の時タケヨシとアベじゅと３人で自転車で渥美半島一周した」などとわたしを無視して懐かしエピソードを語る。わたしイライラが頂点に達してロシア男子ともどもお引き取りを願う。そんな夢。

　ロシア男子と言ってもスーパー３助のようなバッチリ日本人で、カタコトで喋るところはロシア人という設定もまぬけだし、こんな夢のどこに泣きポイントがあったのか不明だが、わたしは自分の泣き声で目が覚めた。しゃくりあげるほどざびざびに泣いていた。今週は忘年会やサークル、友とお茶の予定がことごとく流れたんで、たぶん今のわたしは客観的な助言をくれる友を欲しているのだろうと分析。

2017年12月28日

　　　君逝りて　毎日なんの　褒美やら

　思えばちちおくんは非常に体内時計がしっかりしていた。朝の焼き立てパンのために「4:45に起こしてね」と頼んでも起こしてくれた。支度が遅れて「7分だけ待って」と言えば時計を見ずとも7分きっかりに呼びにくる、そんな具合だ。わたしはずーっとちちおくんに起こされていたわけで、彼が退院して家にいた3カ月も毎朝の掃除のために5:30に起きねばならず、その日々の殆どを起こしてもらっていた。5人家族だった頃は家族の休みがずれるため、毎朝2〜4個の弁当を作っていたので、年末数日だけ思いっ切り朝寝坊が許された。朝寝坊とはいえ7時には目が覚めてしまうので、布団の中でぼけぼけしているのが最高の贅沢に思えた。

　ところで昨今のわたしの自慢だが、わたしの体にも体内時計なるものが具わりつつある。毎朝6:00に、正確に言えば5:58に目が覚める。携帯電話のアラームを解除するためだ。ちちおくんがいなくなってからわたしは携帯電話のアラームを利用していた。しかしこいつは画面をスワイプして解除せねばならず、アラームが鳴って画面を20回ほど撫でなければなかなか解除できない。これが実にいらいらする。何故だ？　子の言うには体温が低いからということらしい。寝入りばなは丸くなって寝ているが、熟睡するとやや大の字、バンザイして寝る癖がある。ヨガのレッスンで最後のシャバ

アーサナ（亡骸のポーズ）の時も大抵無意識にバンザイしてる。長年培ってきた寝相は一朝一夕では治せない。勢いアラームより早く起きて解除する習慣が新たについたというわけ。

　しかしこれで起きてしまえば褒められたものだけど、決まって毎朝二度寝してしまうのだ。言うなれば寝坊するために毎朝早起きしている。なんたる矛盾、なんたる不条理。しかもちちおくんがいなくなってからは週に一度しか掃除機をかけない。ちちおくん、わたしの堕落を嘆いているかな。いやたぶんこれくらいは想定内だろう。

鈴木　光子（すずき　てるこ）
1962年　愛知県に生まれる
1974年　中学校に入学、未来のオットと出会う
1987年　結婚
ロック・ブラック・レゲエ・ラテン・アフリカ・カントリー・ブルース・ソウル・ジャズ……音楽全般愛好。映画、読書、海外ドラマ、漢字、絵画、ダンス等、基本的に一人でできる趣味多し。

文句あるなら　化けて出ろ
最愛のオットを看取ったツマの闘病記

2019年3月10日　初版第1刷発行

著　者　鈴木光子
発行者　中田典昭
発行所　東京図書出版
発売元　株式会社 リフレ出版
　　　　〒113-0021　東京都文京区本駒込3-10-4
　　　　電話 (03)3823-9171　FAX 0120-41-8080
印　刷　株式会社 ブレイン

© Teruko Suzuki
ISBN978-4-86641-217-7 C0095
Printed in Japan 2019
落丁・乱丁はお取替えいたします。

ご意見、ご感想をお寄せ下さい。

［宛先］〒113-0021　東京都文京区本駒込3-10-4
　　　　東京図書出版